ハヤカワ文庫JA
〈JA1343〉

異世界からの企業進出!?
転職からの成り上がり録1
入社篇

七士七海

早川書房
8255

目次

異世界からの企業進出!?
転職からの成り上がり録1

入社篇

登場人物

田中次郎………………新入社員のダンジョンテスター（正社員）

スエラ…………………人事部テスター課主任。ダークエルフ

キオ……………………次郎の教官。鬼王。将軍。本名ライドウ

フシオ…………………次郎の教官。不死王。将軍。本名ノーライフ

エヴィア………………監督官。人事部長。悪魔

ケイリィ………………スエラの同僚。ダークエルフ

ロイス…………………人事部テスター教育係。座学担当

ハンズ…………………武器屋の店主。巨人族《ジャイアント》

メモリア………………道具屋の店員。吸血鬼の少女

ルナリア………………樹王。将軍。ダークエルフの女王

バスカル………………竜王。将軍。竜族の王

クズリ…………………蟲王《ちゅうおう》。将軍。蟲たちの女王

アミリ…………………機王。将軍。ゴーレムとホムンクルスの女王

ウォーロック…………巨人王。将軍。ジャイアントの王

魔王……………………〈MAO Corporation〉の社長

1　ダンジョンテスターを引き受けてみました

朝というのは絶対にやってくる。

人間の事情など無視してその姿を輝かせ、その日の始まりを伝える。日本のサラリーマンがそれをもっとも自覚するのは、出社し、タイムカードを押した瞬間だろうか。

それはおれも一緒だが、おれの場合はそれに加え、ちょっとした常識はずれな行動が挟まる。

手袋のハメ具合、籠手《こて》の位置合わせ、そして武器の確認。

平和な日本はいったいどこへと消えたのやら。普通に考える仕事とはかけ離れた格好をしている自覚はある。

「さぁて、おまえら仕事の時間だ」

でも仕方ないと思う。

それがおれの仕事なのだから。

最後に同じように点検していた同僚に向けて確認の言葉を向ける。

「今日のノルマは各自、頭に入っていると思う。サボるなよ、手を抜くなよ、怪我するなよ、以上三点を守って行くぞ」

最初の常識を疑うような日本人特有の曖昧な笑みは消え去り、代わりにいっぱしの仕事人が浮かべるような力強い笑みがおれの言葉に応えてくる。

おれの仕事はダンジョンの攻略だ。

「よし。今日も気合を入れて、全力でダンジョンの洗い出しを始める」

勇者が攻略できないダンジョンを作る。

これは、平凡な日常から湧き出てきたファンタジーにめぐりあったサラリーマンたちの物語だ。

＊　＊　＊

田中次郎　二十八歳　独身　彼女いない歴七年
職　業　なし（現在ニート）

「自由だァァァ!!」

近所迷惑だなんて気にしない。ベッドに大の字になっておれは叫ぶ。

そしておれがこんな雄叫びに似た叫び声を上げているのにはワケがある。

月の残業時間百二十時間オーバーなんて当たり前のブラック企業に勤めて早六年。休日出勤もいつものこと、残業手当は絶対満額出ない。

人員の入れ替わりなんて、数えるだけで無駄になるくらい見てきた。

そんなことが日常となり、仕事のストレスでイライラする気持ちをタバコでごまかしていたとき、喫煙室に入ってきた上司の言葉がきっかけだった。

「おまえ、タバコ吹かしている暇なんてあるのか？　そんなに暇ならもっとやることがあるだろう？　昨日の報告書、さっさとあげろよなぁ」

そのときのおれは、締め切り間近の仕事を終わらせるために会社に泊まりこみ、徹夜したあとだった。

いつもならヘラヘラして、スンマセンとひとこと謝って仕事に戻るのだが、その時はついイラッときて、ため息を吐きながらおれを注意する上司を睨みつけてしまった。

「あ？　なんだその目は。嫌ならやめちまえ。おまえの代わりなんていくらでもいるんだよ」

定時上がりの残業知らずが何を言うと心の中で叫び、同時に人間の堪忍袋って、本当にブチって切れる音がするのだとそのとき知った。

上司は、黙って喫煙室を出ていったおれが仕事に戻ったと思ったのだろう。

胸ポケットからタバコを取り出す上司に思いっきり舌打ちを聞かせて、自分のデスクに事務所経由で戻って最初にしたのは、ダンボールの中に私物を詰めこむ作業だった。

当然会社の資料にはいっさい手をつけず、私物だけ手当たりしだいに詰めこめば、十分もあれば作業は終わる。

「主任、おれ、今から会社辞めますわ」

それだけ言って立ち去ろうとするおれを引きとめようとする声なんて、完全に無視だ。

スタスタとロッカーの中身も含めて私物を全部車に詰めこみ、キーをまわし帰宅する。

そうして、ニートが一人誕生する。

そのニートが自宅の安アパートに戻ってまずやったことといえば、ベッドに腰かけてタバコに火をつけることだった。

「これからどうすっかなぁ」

カッとなって飛び出すように会社を辞めたが、後悔はしていない。むしろよくやったと、自分を褒《ほ》めてやりたいと思うのは、不満を溜めこみすぎたせいだろうか。無職となったにもかかわらず、不思議と胸がすっきりとしていた。

そんな気持ちに水を差されないように、携帯の電源は切っている。

今ごろ、会社からおれの携帯に電話をかけているだろうが、知ったこっちゃない。

無責任だとののしられようが、気にするつもりもない。

加えて皮肉なことに、休みの日は寝るか仕事をしていたので、貯金も二、三ヵ月どころか一年くらい働かなくてもいいぐらい蓄えてある。

すぐに飢え死にするような状態でもないおれは、今後のことをのんびりと考える。

仕事は、やらないといけないだろう、嫌だけど。貯金があるから慌てる必要はないが、一生食っていけるわけではないのだ。

幸いある程度休んだら、仕事をしようと考える程度には気力はある。

まぁ、あの会社に戻る気だけは欠片《かけら》もない。


「うわ、郵便受けが大惨事に」

部屋から出て入口の郵便受けを見にきてみたら、もうどうやって郵便屋さんがいれたのかわからないくらいパンパンになっていた。

寝に帰ってくる、もしくは着替えに帰ってくる以外にここ最近使っていない部屋だから、当然といえば当然なんだが、せめて郵便受けくらい片づけろよと自分に言いたくなる。

どっこらしょとオヤジ臭いかけ声をわざとあげながら郵便物に手をやる。

「うわ、抜けねぇ」

見た目どおりのビッシリ感は伊達《だて》ではなかった。それを証明するかのように、チラシの束を引いてもわずかに動くだけで、それ以上抜けない。

「ったく、仕方ねぇな」

一人暮らしになってから増えた独り言をこぼしながら、玄関口にしゃがみこみ、抜けるまでチラシを小分けにしながら引き抜き、最後は全部引っこ抜いて、部屋へと帰った。

「あ、破けちまってるか……って、宗教勧誘かよ、ならよし。それでこれが近所のスーパーのチラシで……って三週間前か、ん？　なんだこりゃ」

そして部屋の中の元の位置に戻ったおれはタバコの灰の量を気にしながら、一回灰を灰皿に落としてチラシの仕分けをし、その中の妙に気が惹《ひ》かれた一枚のチラシをのぞきこむ。

「テスターの募集？　え～と、なになに」


ダンジョンテスター募集！

募集人員　百名！
内　訳
正社員　三十名
アルバイト　七十名

年　齢　十六歳～三十五歳
　寮完備！
　駐車場完備！
　武道経験者優遇！
給　与
　正社員　　月給三十万＋危険手当＋歩合制　賞与　年二回
　アルバイト　時給三千円＋危険手当＋歩合制
勤務時間
　正社員　　一日五時間以上　週休二日＋祝日
　アルバイト　一日三時間以上（最低週三日出勤できるかた）
仕事内容
　われら魔王軍が設計したダンジョンが勇者に対して有効か、みなさまにテストしてもらいます！！
　実際にダンジョンに挑んでモンスターと戦い、宝を捜索し階層を突破してください。
　なお、怪我等危険があるため、同意書を作成するので以下のものをご用意ください。

「……くだらねぇ、イタズラかよ」

じっくり読んだことを後悔するようにタバコの煙を吐き出して、読むのをやめる。

チラシの構成としてはかなりの力の入れようだ。

目を引くように写真や文字配列にも気を配っているし、紙の材質も悪くない。

明らかにプロが作ったチラシだ。

だが、内容がいただけない。明らかに悪質なキャッチだろうとたかをくくる。

電話番号も書かれ、住所どころか地図も書かれている。

しかもその住所が――

「となり町かよ」

車はもちろん、電車、バス、がんばれば徒歩でも行ける距離だ。

「釣りにしては、手のこんだイタズラだよな」

おれの中では九割がたイタズラだと思いこんでいるが、心の隅で何かに惹かれる。

給与面は破格、休日もかなり魅力的だとは思う。

「やめだやめだ。こんなくだらないいたずらにかまってられるか」

それでも現実的ではないとおれの中の常識が訴え、体がそれを示すかのようにテーブルにチラシを投げて、灰皿に押しつけるようにタバコの火を消す。

「こんな都合のいい会社があってたまるか」

ゲームのテスターにしても、こんな怪しい求人広告など見たことがない。

ベッドに倒れこむように横になって意図せずして見えるのは、テレビとその前に山積みになっているゲームの数々。これでも学生のころにそれなりにゲームはこなした。仕事のせいで最近まったく手をつけず積みゲーになってしまっているが、昔も今もＲＰＧ系が好きだったから、こんなチラシの内容でももし本当ならおもしろいとは思ってしまう自分がいる。

「武道って、剣道もありだよな？」

そしてもうひとつ目に映るものがあった。それは部屋の片隅にある使いこまれた剣道道具。体のサイズが変わったり、単純に壊れるたびに道具を交換してきた代物だ。

仕事が忙しく最近は行けなくて、最後に行ったのは半年も前だが、それでも子供のころから続け、今も近くの道場に顔を出して続けてきた。

九割がたイタズラだと決めこんでいるのに、残りの一割が興味を刺激して、自分にあっていそうな条件を提示してくる。

「あ〜、どうせ暇だし、イタズラならイタズラでいっか」

われながら言いわけがましい。

もしあるなら、そんな場所で仕事をしてみたい。

そんな願望を抱いてしまっている自分がいる。

「携帯携帯っと……ってうげ、なんだよ、この着信履歴」

もう少し素直になれよ、と自身に向けて苦笑しながら電源を入れたスマホに映ったのは、着信件数十数件というあまり見たくない現実、その大半が会社からだった。いくつかは先輩である主任からの連絡だが、無視してチラシに書いてある番号を打ちこみ、一瞬悩むも、発信する。

『はい、魔王軍ダンジョンテスター募集係、スエラです』

「え、えっとチラシを見たのですが、まだ募集していますか？」

てっきりいたずらなので、〝現在使われておりません〟というアナウンスが流れると思っていたが、想像以上にはっきりとした女性の受け答えに、ついどもってしまう。

名前からして間違いなく外国人なのだが、流暢《りゅうちょう》な日本語だと思ってしまった。

『はい、ご連絡ありがとうございます。現在、正社員、アルバイト共に募集しておりますが、どちらのご希望でしょうか？』

「正社員です」

勤労意欲は萎《な》えていたのでは？　と考えるが、まだ残っていたのだろうと割り切り、さすがにこの年でアルバイトはきついと思って、給与面と休日で正社員を選択する。

『正社員ですね。うけたまわりました。つきましては、面接を実施したいのですが、ご都合のよろしい日はございますでしょうか？』

「えっと、いつでも大丈夫です」

『……かしこまりました。でしたら、お名前と年齢、電話番号をうかがってもよろしいでしょうか？　本日中にこちらから日程をお知らせします』

「わかりました。名前は」

そこからの話はとんとん拍子で進んでいった。

名前と年齢、そして携帯電話の番号を伝えたら、軽く武道の経験の有無と必要書類を教えられ、それだけで通話は終了した。

『お話は担当スエラがお受けいたしました。では、失礼します』

「イタズラじゃない？」

最後の挨拶がすみ、何も言わなくなったスマホを見ながら、ついこぼれてしまう。

それとも、ヤバイ系のチラシだった？　と思ってしまう。

ならすなおに電話番号など教えず、さっさと切ったほうがよかったかもしれない。後悔先に立たずとはまさにこのことだ。

「次の電話の主がヤバそうだったら警察に行こう」

うん、絶対にそうしよう、と身の危険を感じながらも、そわそわと落ち着きなくチラシを二度見してしまう。

そして、タバコに手を伸ばす。

落ち着くために一服しようと思った矢先に鳴り響くスマホ――

「なんだよ、会社か？　ってこの番号」

口にくわえていたタバコがポロリと落ちる。

「ははは、早すぎだよ」

携帯に表示されていたのは、辞めたばかりの会社の番号ではなく、チラシに書かれた番号であった。


「うわ、でけぇ」

いちおうスーツにアイロンをかけて、ワイシャツも新品のものを用意した。

ヒゲも剃り、しっかりとスーツを着て身だしなみを整えたおれを出迎えたのは、二十階建ての巨大なビルだった。

しかも複合企業のように各階にテナントが入っているわけではなく、そのビル丸ごとが応募した会社のビルだ。

「〈MAO《マオ》 Corporation《コーポレーション》〉って聞いたことがないぞ」

これだけでかい会社なら、さすがに聞いたことがあるはずなのだが、近所に住んでいるくせにかけらも聞いたことがない。

「MAOで魔王ってか？　ダジャレにもなってねぇぞ」

車を駐車場に停めてしばし見上げていたが、このままこうしているわけにもいかない。

玄関口らしき入口に向けて、履歴書等の必要書類が入った茶封筒を片手に移動する。

そして、自動ドアを抜ければ――

「ん？　なんかあたった？」

なにか柔らかい、そう、カーテンを潜ったような感触に立ちどまるが、当然あるのは玄関がわりの自動ドアだけだ。カーテンらしき布のようなものは、当然ながら存在しない。

「気のせいか……って」

いつまでも違和感を気にしてここでじっとしていても仕方ない、受付らしいカウンターが見えたからそこに向かおうとするが、またもや足を止めることになる。

「コスプレ？」

いや、正確には、ハリウッドとかの特殊メイクと言えばいいのだろうか。

おれが立っているのは、清潔感あふれる白とグレーを基調とした配色の玄関ホールだ。

そんなセンスあふれる一階フロア、その奥にあるグレーの光沢を放つ石でできたカウンターの向こうには、受付嬢らしき女性が二人いるのだが、そのどちらもが普通の女性ではない。

「耳の長い外国人っていたっけ？」

アニメとかゲームに出てきそうな種族、はっきり言えばエルフ、もっとくわしく言えば褐色の肌に銀髪青目のダークエルフと呼ばれる種族が、女性物のスーツを着て受付カウンターにすわっていた。

それぞれ左がショートで右がロングと髪の長さに差はあるが、容姿は会社の顔である受付嬢を担えるどころか、そこらのグラビアアイドルに負けないほど整っている。

だが、そんな人種、ゲームの中でしか存在しないはずだ。

疲れで幻覚症状を引き起こしているのでは、と心配になった。おかしな人と思われるかもと思いながら、目をつぶり、一回深呼吸をして再度見てみるが、結果は変わらない。

「おれが疲れているってわけじゃない、よな？」

心を落ち着けても変わらぬ現実。あの電話から三日たった今日は土曜日。さすがにブラック企業で溜まった体の疲れも取れている……はず。

帰ろうかなと悩むも、ダンジョンにたずさわる仕事だと豪語する会社だ。もしかしたらこういった方針の会社かもしれないと割り切り、腹をくくる。

「あの、すみません。テスターの面接に来たものなんですが」

念のために携帯電話の位置を確認しなおして、男は度胸と自分を励《はげ》まし、恐る恐るカウンターに向かい、髪が長い受付嬢に声をかける。

「はい、お名前と担当の者の名前をうかがってもよろしいでしょうか？」

声まで美人だ、とこの場ではいっさい関係ないことを考えながら、凜《りん》とした声に対して、つい背筋が伸びる。

「田中次郎です。担当のかたはテスター募集係のスエラさんですが」

「はい、田中さまですね。お話はうかがっております。いま担当のスエラを呼びますので、あちらの席におかけになってお待ちください」

ダークエルフに微笑まれて顔が熱くなる経験など、一生に一度あるかないかじゃないだろうか？　たとえそれが特殊メイクのたぐいでも、そんな経験はまずできないことは確かだ。

顔が日差しとか以外で熱くなったのはいつぐらいぶりだろうかと思い出しながら頷き、待ち合わせ用であろう席にすわる。

手持ち無沙汰ではあるが、携帯をいじる気にはならない。

ならばと、忘れ物はないか書類の確認をする。

「よし、忘れ物はないな」

といっても確認なんてすぐに終わってしまう。五枚程度の書類の確認など、前の仕事を考えれば一分もあれば充分だ。むしろ五分もかけるほどゆっくり読んだのなんて久しぶりだった。

さてこれで改めて手持ち無沙汰に逆戻りしたわけなのだが……

「ん？」

どうするかと悩む心配はないようだ。ハイヒールの踵《かかと》で床を叩くような音が聞こえ、ついそっちを見てしまう。

そして確信する。

この会社は何かおかしい、おもにファンタジー的な方向で。

「お待たせしました。田中次郎さまでよろしいですか？」

「は、はい！　田中次郎と申します」

「今回、面接を担当します、スエラです」

軽く会釈する女性は、受付嬢とはまた違った感じのダークエルフだ。

そしてさっきの受付嬢とは多少距離があったから細かいところはわからなかったが、目の前にいる女性は間違いなく本物だと思える。

むしろ、本物だと思わせるほどの特殊メイクだとしたら、ここは映画スタジオか何かだとしても驚かない。

長い銀髪を結い上げ、シルバーフレームのメガネをかけた知的なダークエルフ、できる女性、それがスエラと名乗った女性の第一印象だ。

「では、こちらにお願いします」

「はい！」

そして好みの問題かもしれないが、さっきの受付嬢たちよりも美人だ。

容姿的には二十歳くらいかな、と思うが、仕事ができると思わせる雰囲気のせいで、年下には見えない。

あまりにも現実離れというか、ダークエルフとスーツという現実とファンタジーがごちゃまぜな取り合わせに、もう、この会社はこういうものだとあきらめて納得することにした。そこに、失敗とか後悔といった感情が浮かばないのが不思議だ。

案内するように先導してくれるスエラさんについて行くと、一階の小会議室のような部屋に通される。

「おかけください。コーヒーでよろしいでしょうか？」

「はい、大丈夫です」

さっきから、〝はい〟しか言ってない気がするが、面接ならこんなものだろう。アピールするときはアピールしないといけないが、それ以外は必要最低限の受け答えが重要だ。

と、面接のコツを思い出しながら席に着き、姿勢を正す。

「は？」

だが、おれはこれから面接をするであろう女性の前で、間抜け顔をさらすのであった。

「やはり、見えるのですね」

「え？　すごいですね、手品ですか？」

そのおれの返答に納得するように頷いていないで、できれば次から次へとやって来るファンタジー的な現実に対してオーバーヒートしそうなおれに、落ち着く時間を与えてほしい。

コーヒーが載ったお盆が宙を浮いてやってきたら、誰でも同じ反応をするはずだ。

「魔法です」

おれの気持ちなどお構いなしによけいに混乱するような回答を淡々とするスエラさんは、宙に浮いているお盆を受け取ると、カップをひとつおれの前において、自分は対面になるように向かいの席にすわる。

「〝魔法〟ですか……」

オウム返しのように答えている今のおれはどんな表情をしているのだろう、と考えるが、少なくとも面接向きの表情はしていないのは確かだ。

魔法と言われて思い浮かぶのは、あの魔法だろう。だが、会社の面接に何か関係してくるのか？　入社条件に魔法が使えないといけないのか？

やめてくれ。さすがにどこぞの動画みたいに、大魔法を特技と断言できるような度胸はない。宴会芸程度の手品なら、練習すればできるかもしれないが……。

「それでは面接を始めますが」

って、そんなことを考えている場合じゃない。

しっかりと質問に答えなければ！　背筋に力をこめて姿勢を正す。

「田中次郎さま、あなたにはわたしや受付の女性たちはどのように見えましたか?」

「……」

〝しっかりと質問に答えなければ〟ってできるか!!

こんな質問されれば、黙りこむしかない。そして、表情を取り繕《つくろ》うしかない。

「ええと」

多少の雑談を想定し、正直、志望動機は? とかのオーソドックスな質問を想像していたおれにとって、これは正直に答えていいものか判断に困る。

だが、悩んでいるおれを気にせず、目の前でじっとこちらを見る彼女は、先を促すようにおれの返答を待っている。

これは、答えないといけないのか? そう、だよな、面接だし、答えないと、コミュニケーション能力に難アリだと思われてしまう。

よしここは無難にどうにかごまかす方向で——

「ダークエルフですかね?」

——無理でした。

そして、終わった。

視線に負けて、正直に答えたおれの頭の中は、〝やってしまった〟のひとことに尽きた。

正直、ドッキリ大成功の看板は出てこないのかなと期待したが、いっこうに出る気配はない。

会社の面接でおれが面接官だったら、おれを見て〝ダークエルフです〟なんて答えるやつを採用するわけない。

現実逃避をしたいが、それをするわけにいかない。

おれって、ゲームと現実が区別つかなくなるくらい疲れているのか、帰りに絶対病院に行こう、そうしよう、絶対。

このさい、精神科だろうが眼科だろうが脳外科だろうがすべてひっくるめて、精密検査を受けるのもありかなと思う。さぁ、面接終了のお知らせをおれに聞かせておくれ。

冷や汗全開、愛想笑いをキープしながら、宣告を待ち受ける。

「合格です」

「へ？」

いいかげん間抜けヅラをさらすのはよせと言いたくなるが、ここまで予想を裏切られ続けたおれに、表情を取り繕うことなんてできない。

「今、なんと？」

「合格だと言ったのです」

どうやら、〝お帰りください〟と聞き間違えたわけではないらしい。

おれが聞き返しているあいだもスエラさんは淡々とおれが用意した書類を流し読んでい

る。

「え？　でも、面接は？」

質問ひとつで決まる面接など聞いたことがない。

しかも、〝わたしの姿はどう見えますか〟って社会人なめてるのかって質問だ。

「魔法であなたの記憶を読ませてもらいました。表層のみですが、人格的には問題ありませんし、不祥事を起こした経歴もありません。武道の経験もある」

なにより、と彼女はメガネの位置を人差し指でなおし、言葉を重ねる。

「魔力適性があります」

ああ、魔法なら仕方ないなぁ、すげぇ、頭のなか読まれたのか、それなら納得できるかな？　そうか、それにおれにも魔力があるのかぁ、やばい、いろいろあって混乱してきたぞ……って。

「魔力!?」

「はい、魔力です」

おれ、童貞じゃないんだけど、なんて言葉がとっさに浮かんだが、頭を振って追い出す。

まさかのこの面接は大魔法が特技じゃないといけない面接だったとは！

「魔力って、あの魔法を使う？」

「はい、その源の魔力です」

そう言って、スエラさんは軽い動作で指先に炎を灯《とも》してくれる。

「おれ、生まれて二十八年たちますけど、魔法なんて使ったことありませんよ？」

「正確には魔力適性、要は魔力を受け入れられる器があるということです」

「……すみません、話についていけないんですが」

「大丈夫です。今まで合格を出した人の大半は、あなたのような反応でしたよ」

それは、ちょっと安心できる。

どうやら、現状は異常だが、おれと同じ反応をしてくれる人がいる程度には、おれの考えは正常らしい。

ダークエルフの受付嬢に、手品のような魔法、いっきに終了した面接、急展開すぎておれの思考はついていけない。

「とりあえず、コーヒーでも飲んで落ち着いてください」

たとえいま飲んでいるコーヒーが毒入りでも、混乱している今のおれではその言葉には逆らえなかっただろう。

促されるまま落ち着くためにコーヒーを飲む。ミルク少なめ砂糖は二杯、それがおれのコーヒーだ。

「では順を追って説明します」

ひと息つき、おれが落ち着き始めたのを見はからい、スエラさんはさっと手を振る仕草を見せた。

すると室内は暗くなり、おれの正面に新入社員のプレゼンのような画像が、スクリーンに映し出された。

「飲みながらでよろしいので、説明を聞いてください」

ダークエルフの教師、そんな場違いの考えを押し出す暇もなく、指し棒を片手に立ったスエラさんは、スライドショーで映る資料を説明する。

「まず、この募集の採用基準は魔力適性です。もちろん、先ほど話したとおり、魔法で記憶を読み取り採用基準に加えますが、多少の人格不良には目をつぶります」

もちろん注意は払いますが、と付け加えたスエラさんの指す先に映し出されているのは、デフォルメされた人体像だ。

「その主となる採用基準である魔力適性ですが、あくまで魔力に対して適性があるだけで、決して今のあなたに魔力があるわけではありません」

タンと小刻みな音とともに、人間のお腹付近をスエラさんはさす。

当然そこには何も入っていないことを示すように空っぽだ。

「この世界、正確にはこの会社内を除いて、この世界には魔力というものは存在しません。なので、その魔力適性は本来魔力のない環境であれば自然と退化していくのですが、中には退化せずに魔力を受け入れることが可能な体質を持つ人間が存在します」

それが魔力適性です、と紫色の波動のようなものが表示され、デフォルメされた人間が二人に増えると、魔力と思われる波動が染み渡っていく人間とすり抜ける人間にわかれる。

「魔力適性にはランクがあり、全十段階、数字が大きくなればなるほど適性が高いということになります。魔力適性の資質は生まれつきで、一生訓練しても変わることはありえないと言われています。例外はもちろんありますが、今はいいでしょう。そして正確な検査はこれからになりますが、次郎さまには最低でも合格基準である四程度の魔力適性はあるかと思われます」

「なんでわかるんですか？」

「まず第一にチラシを読めたこと。これは適性一程度の数値があれば読めるようになっており、適性がなければそもそも白紙にしか見えません。次に玄関の入口の結界。ここで二以下の適性者は中には入れず、また面接という記憶が曖昧になり、はじかれます」

あっさり記憶操作をできると宣言して、適性が低ければおれもそうなってた可能性があると言う彼女が怖くなった。

「そして、受付の姿がダークエルフに見えること。彼女たちは低級の隠蔽《いんぺい》魔法を使って姿を変えています。まず間違いなくこの世界の人間では見きわめることはできません。ですが、魔力適性が三以上あれば見破ることができます。最後にわたしも似たような魔法を使っていますが、内容は一緒です。魔力適性が四ほどあれば本当の姿が見えます」

ここまでよろしいですか、と聞いてくれるスエラさんに、おれはおれの中でまとめた内容を確認することにする。

「えっと、すなわち、わたしに魔力をぶちこめば魔力が宿るのが魔力適性で、その宿る量がランクってことで、少なくともわたしは合格基準に達していた、ということですか？」

「そうです」

画像はデフォルメ画像からコップに変わり、水の量で魔力適性の基準を教えてくれる。

「それと安心してください。魔力適性によりますが、精神干渉系の魔法は魔力適性の上位のかたには効きづらく、また、現在魔力がゼロである次郎さまには身体的影響は出ません」

おれの恐怖を感じたのか、安心させるように微笑んで補足説明をしてくれる。

それだけでおれは多少安心できる。美人って得だな。

「採用基準についてはよろしいでしょうか？」

「大丈夫です」

これがいかつい男性だったらまだ混乱していただろうが、男とは単純みたいで美人の前では見栄を張ってしまう。

だからといって、多少落ち着いてきたのも事実であるが。

「では、業務内容を説明させていただきます」

これからが本番だ。

聞いてきた話がファンタジーすぎるが、なによりも仕事内容が重要だ。前みたいなブラック企業はゴメンこうむりたい。

なので、さらに気合を入れて話を聞く体勢を取る。

「現在われわれ魔王軍は敵対している世界、イスアルと魔王城をつなぐ通路ダンジョンを制作し、全部で七つのダンジョンを作りました」

内容は完璧にファンタジーだが、プレゼン資料はしっかりと作られている。

世界の概要、ダンジョンの説明、そして写真資料が添付《てんぷ》されている。

「イスアルとは、われわれ魔王軍と敵対している神々が構築している世界です。次郎さまの知識でいう剣と魔法の世界で、獣人やエルフといった亜人が存在します。われわれ魔王軍はこの世界に侵攻、領土拡大を目的として通路となるダンジョンを作成しました」

資料が本物なら、そしてこの話が映画とかのストーリーでなくて現実なら、彼女が話している内容はかなりやばいのでは？

要は、異世界同士の戦争に巻きこまれそうになっているということだ。

しっかりと事前説明をしてくれているので、誠意は見えるが、それでも内容が内容のため、わずかにあった興奮も冷めて、正直尻ごみし始めている自分がいる。

「ですが、次郎さまに求めているのは、決して侵攻のために戦力になってほしいというわけではありません」

「え？」

おれの不安を察し、タイミングよくそれをぬぐうように話す彼女は、絶対プレゼンテーションがうまい。

「これはあとでくわしくご説明いたしますし、契約でも誓いますので、今はお話をお聞きください。われわれ魔王軍とイスアルとの攻防は、さかのぼること五千年ほど昔から繰り返されています。歴代の魔王さまはさまざまな方法をとって侵攻していますが、いずれもダンジョンを経由してからの侵攻になります。そして、このダンジョンは通路であると同時に砦でもあるのです」

さらに切り替わって表示されたのは塔のような画像だ。

「今代の魔王さまは非常に慎重なかたです。歴代の魔王さまが勇者と相打ちになるなか、攻めることより防衛という観点を非常に重く見られています」

それは、そうだろうな。

たいていのRPGはラスボスのいるダンジョンを攻略して、最深部にいるラスボスを倒すわけだ。モンスターを配置し罠を張るのは当然として、幹部級の中ボスを配置したり、迷路にしたり、通路に仕掛けを施したりもするだろう。

一直線の通路の何も考えていないダンジョンなんて、ただ攻略してくださいと言っているようなものだ。

「七将軍のみなさまにダンジョンの制作を命じ、あとは世界との扉を開通する段階までこぎつけたのですが、再びイスアルとダンジョンをつなげても過去の二の舞になるだけであると魔王さまは考え、とある策を考えました」

「どんな？」

話し上手な彼女に、ついつい相槌をうってしまうおれ。しょうがないと思うが、ここまで現実離れした話になると、逆に最後まで聞きたいと思ってしまう。

「策を話す前に、少しそれますが、勇者の大半はこの地球という世界の出身です」

「……マジ？」

「事実です」

あれってフィクションの話じゃないのかよ。もしそれが事実って言うなら、拉致問題どころの話じゃないぞ。神隠しやアブダクションの正体は、異世界召喚だったのか!?

「そして、大半のダンジョンは勇者によって攻略されています」

あれ、この流れってもしかして――

「魔王さまは考えました。勇者が攻略するなら、勇者が攻略できないダンジョンを作ればいいのでは、と」

なにそのマリーなんとかさん的な発想。

「それなら、最初から幹部級を入口に待機させれば？」

悪い予感と興奮が入り混じった感情に任せて、レベルの低いうちに勇者を倒す方法をおれはつい提示するが、スエラさんは残念そうに首を振る。

「詳細は機密ゆえ話せませんが、大まかに言えば、神々の影響でダンジョンの入口はどうしても魔王さまの力が弱まってしまいます。加えてわれわれの力も弱まるのです。侵攻して領土を確保し、魔王さまの影響を増やせば条件は変わるのですが、それには時間がかかります。そんな場所に貴重な戦力である将軍さまがたをお送りするわけにはいきません」

まぁ、ダンジョンをつなげても、すぐその場が侵攻してきた軍勢のものになるわけではないからな。魔力という謎物質をその場に広げて、ようやく陣地になるわけか……。

それまでの期間、どれくらいかかるかはわからないが、ダンジョン側は弱体した状態になり、向こうは強化された勇者が攻めこんでくるわけだ。

これだけでも勝てる要素は減るな。

ファンタジー要素は入っているが、話の内容は納得はできる。

「ですので、まずはしっかりとした拠点を確保する必要があります。そしてそのためには、現状われわれにはない着眼点を持っている地球人のかたをダンジョンテスターとして招き入れ、ダンジョンの改善強化を行ないたいのです」

話は見えた。

要点をまとめると、異世界の勇者は強く、魔王軍発想のダンジョンでは攻略される可能性が高い。なので、同じ強さを持つ異世界人を招き入れ、ダンジョンのダメな部分を指摘してもらい、改善強化するのだ。

「って、言われてもなぁ」

異世界とはいえ、これは明確な人間族への敵対だ。

すぐにわかりましたと返事をするには、いささか抵抗がある。

「要はダンジョンアタックをして、レポートを提出すればいいのですか？」

「そうなります。付け加えて、これは魔王軍の強化も兼ねています。さすがに七将軍以上のかたたちは参加いたしませんが、それ以下の魔族たちは全力であなたがたに襲いかかりますので、命の危険も当然あります。もちろん可能なかぎりサポートは、われわれダークエルフ族ほか魔王軍で行ないます」

仕事はいたってシンプル。だけど内容は命の危険を伴う完全なブラック企業だ。

あれ？　これって、仕事を承諾したら魔王軍とやらがいる世界に連れていかれるのでは？

「これって、もし仮に仕事を受けたら、この世界からおさらばするパターンじゃぁ」

「いえ、ダンジョンにはこの会社から移動してもらいます」

「つながってるのかい!!」

「なんのための会社ですか。それと勤務時間ですが、正社員は一日最低五時間の攻略を義務づけられますが、別に連続で五時間というわけでもなく、しっかりとレポートさえ提出してくれれば、小分けにしても構いません」

レポート内容が賞与に関わってきます、というスエラさんの説明に思わず脱力しそうになる。

まぁ、懸念事項である、〝異世界行きましたが帰れません〟ってパターンはないようだからよかった。

「契約魔法で社外口外禁止にしていただく必要がありますが、施設の見学もできますけど、いかがですか？」

「危険は？」

「わたしが同伴しますのでありません。ダンジョン内も見学できますし、魔族も襲ってきませんし、罠も発動しません。今後の対応の問題となりますので、見れるのはダンジョンの一階入口付近と、各衣食住施設、そして武器庫のみとなります」

「行きます」

危険がないならたとえ見れる箇所が限定されても行くべきだ。こんな経験は、二度とできないだろう。

もはや、現実にファンタジーが混じっていることなんてお構いなしだ。

迷いなく立ち上がり、先導してくれるスエラさんのあとに続く。

「ではこちらに」

最初に案内されたのは、七種類のダンジョンの一階につながる地下施設だった。

今は誰もいないが、ズラリと並ぶエレベーターのような扉、そこは監視カメラで監視されている以外は、体育館のような広さを誇るだだっ広い空間であった。

「ここは、ダンジョンへの入口です。次郎さまが正社員になられましたら、ここでパーティを組むか、ソロでダンジョンへと挑んでもらいます」

「あのエレベーターの扉みたいなのが入口ですか？」

「そうです、各扉がそれぞれ七将軍さまのダンジョンにつながり、一層ずつ攻略すれば、そのぶんだけ自由に階層が選択できます」

「へぇ、ということは、誰かについていって上の階層にも？」

「行けます。ですが、その場合ですと階層記録は行なわれません。あくまで自分の足で行けた場所だけ選ぶことができます。そして、これがダンジョンです」

迷いなく左端のダンジョンエレベーターに近づき、数字を打ちこみ扉を開く。

「うわぁ、これまたオーソドックスな」

「ここは、鬼王将軍のダンジョンです」

見た感じは完全な洞窟タイプのダンジョンだ。洞穴を広げて迷路にし、いかにもって感じだ。

「配置内容等は、研修のさいに教えますが、残念ながらこれ以上は採用が決まってからになります。ほかのダンジョンも見ますか？」

「お願いします」

「かしこまりました」

絶対に映画のセットとかではない、自然な雰囲気のダンジョンに圧倒されながら、興奮する気持ちを抑えられないまま、ほかの扉ものぞきこんでいく。

時には森であり、時にはレンガ造りであり、ホラー映画のようなステージもあり、断崖絶壁の渓谷のようなダンジョンもあった。

「合計七つのダンジョンになります」

「うん、これが本物じゃなかったら、今後の映画業界は安泰だと思います」

どのダンジョンにも言えることだが、迫力が半端ない。

「そう言ってもらえるなら光栄です。続きまして寮に行きます」

「はい」

いまだ興奮が抜けないおれに微笑んで先導してくれるスエラさん。

営業スマイルだったとしても惚れてしまいそうなおれの心臓を抑え、あとについていく。

「寮は、関係者専用となっています。正社員、アルバイト問わず、関係者なら利用できるようになっています。ですが、関係者以外の立ち入りは原則できません。連れてこようとしても、結界によってはじかれます」

地球の警備会社が聞いたら泣きたくなるような警備体制だな。

「部屋は個室、もしくは、ルームシェアもできる二人部屋です。部屋代は個室のほうが高いです。料金に関しましては基本給料より天引き。電気、ガス、水道等のライフライン代金も同様です」

結界だけではなくしっかりとした現代科学のセキュリティが入った自動ドアを通り、見せてくれたのは一階の個室と二人部屋だ。

間取りは個室が1LDK、トイレと浴室付き。もちろんその二つは別個だ。

二人部屋のほうは2LDK。設備は似たりよったりだ。

「ベッドと冷蔵庫、テレビ、洗濯機は備え付けています。あと、連絡事項用の携帯端末も貸与されます」

「インターネットは？」

「情報漏洩防止のため監視がつきますが、基本使えます。ですが、情報を漏洩した場合、それ相応の対処が行なわれるので覚えていてください」

「ぐ、具体的には？」

「最悪の場合は解雇はもちろんのこと、会社に関係する事象のすべての記憶の操作、それと漏れた先への対処のため、冗談だと思わせるための偽装工作です」

「徹底していますね」

「ここはわれわれにとって死地ですので」

「え？」

「わたしたちダークエルフは、魔族の中でも数少ない人間に近い姿をしています。そんなわたしたちはなんの備えもせず外に出ても死にはしませんが、それでも魔力のないこの世界は非常に息苦しく感じます。社内は問題ありませんが、社外に出れば常時貧血のような軽いめまいに襲われます」

なかには倒れ、命の危険におちいる場合もあるとスエラさんは語る。

「そんな世界で、この世界の国々にわれわれの存在を悟らせるわけにはいきません」

魔王軍は拠点以外動けず、向こうは包囲殲滅《せんめつ》できる。

そして、ここは勇者誕生の地だ。敵対組織で社内に入ってきた人の中に、万が一勇者並みの適性を持ったものがいたら、弱っているスエラさんたちは無事ですむだろうか。

「それならどうして？」

身の危険を冒してまでここまでやるのか、と疑問をつい口に出してしまった。

「それほどわれわれ魔王軍が真剣だとお考えください」

今までも真剣であったが、今の彼女の表情はさらにも増して真剣に見える。

「無理を言っているのは承知しています。わたしもこの世界については調べました。この世界、特に日本という国は平和です。過去はともかく、今の人たちは争《あらそ》いとは無縁です。加えてあなたがたにとって、われわれの争いは蚊帳《かや》の外の出来事で無関係です。そんなかたがたに、高額とはいえ金で命をかけろと言っているのはおこがましいと思います」

彼女の真剣な言葉で興奮が冷めていくのがわかる。

さっきまではしゃいでいた自分が恥ずかしい。

これは仕事で、彼女はお遊びでおれを勧誘しているわけではない。

「ですが、これだけは言わせてください。イスアルの連中は自身の都合を優先し、大義名分を振りかざして召喚という形でこの世界の人々を無理やり巻きこんでいますが、われわれは誠意を持ってお願いする立場にいます。立場がありますので情報漏洩を許すわけにはいきませんが、次郎さまの選択を尊重いたします。どうかそれだけはお忘れなきようにお願いします」

真摯《しんし》に頭を下げるスエラさんの姿を見て、記憶操作やらダンジョンアタックなど恐ろしいと思うことは多々あったが、騙されていると感じた箇所は今のところはない。

おれが気づかないだけかもしれないが、少なくともこの姿勢を見せる彼女は信じていいと思えるのは甘い判断だろうか。

「話がそれました。ほかの施設もご案内します」

ゆっくりと頭を上げる彼女を見て、そんなことを考えながら、彼女のあとをついていく。

それから見せてもらったのは、ほとんどのものが取り寄せ可能な売店、社員割引の効くファミレス顔負けの品数を誇る社員食堂、そして——

「銃刀法違反、どこにいった！」

「ここは治外法権ですので」

——ファンタジーお約束の鎧やら刀剣類だ。それが、棚にずらりと並ぶ。

竹刀とか木刀程度しか触ったことのないおれにとって、本物の武器とは恐ろしくもあり圧巻でもあった。

「ここにあるのはすべて、鉄製の武器や革鎧など初心者向けの装備ばかりですね。ほかにも次郎さまの想像するような魔剣なども存在しますが、危険なので別の場所に保管しています」

「へぇ、そうなんですか、ちなみに銃はないんですか？」

「次郎さま、われわれの世界、ひいては魔王さまの影響下にあるダンジョンで、銃などただの豆鉄砲ですよ？　小鬼《ゴブリン》ならともかく、それ以上になると痣《あざ》を作ればいいほうです」

異世界無双のお約束である銃の有無を確認したら、〝ファンタジーなめるなよ、現代〟

と暗に言われたような気がするのは、おれの気のせいだろうか。

魔銃とか憧れていたが、すなおに魔力這わせて剣で切ったほうが早いとスエラさんは言う。

「研修のさいに初期装備は支給します。ですが、あくまでそれは最低限の装備です。それ以後の装備に関しましては、基本こちらで用意した店で購入していただくか、素材を調達して社内にいる巨人《ジャイアント》に依頼し作ってもらうかの二択です。もちろん、どちらも社員割引での価格になります」

「ジャイアント？」

「ドワーフのダークエルフのような存在だと思ってください。体軀は大きいですが非常に器用で、鍛冶が得意な種族です。選抜はしていますが、非常に血の気が多い種族なので気をつけてください」

お金かかるのか、と、そして日本円で買えるのか異世界装備、と疑問に思う部分は多々あるが、これで施設の説明をひととおり聞いたことになる。

会議室に戻ってきたおれは、最後に給与面と休日、そして規約について説明を受けるが、これはたいしたことはない。

おれが守る規約は、ダンジョン攻略の義務、週一の中間報告書、月一の月末報告書の提出義務、あとは社外への情報公開の禁止だ。

そして魔王軍は、おれたちを異世界の戦争には強制参加させない。医療福祉を絶やさない。

ほかはおれのいた会社とあまり大差なかった。

社員旅行はどこに行くのだろうと疑問に思ったのだが、触れないでおいた。

正社員の給与は、基本給三十万＋危険手当＋歩合制だ。

基本給は言わずもがな、危険手当は月の給与の二割、そして歩合制とは——

「魔族または魔物を倒したさいの素材は、武器防具にする素材及び保管する素材を除き、こちらで買取ります」

「というと？」

「魔族を倒せば倒すほど、価値ある部位をこちらで買取り、現金で支払われます」

買取りごとにレシートのようなものももらえるらしい。

しかしそれって——

「それって魔王軍に恨まれません？」

「軍全体には通達ずみです。そして、われわれ魔王軍は弱肉強食、弱い者は淘汰されます」

あとはわかりますね、と恨みを気にする必要はないようだが、非常にシビアな魔王軍事情におれの給料が関わっていると思うと、なんとも言えない。

少なくとも努力すればするほど上限なく給料が増えることが約束されているのは確かではあるが。

「休みに関しては週休二日ですが、正確には月八日に加え祝日になります。テスターの体調に合わせ、各パーティあるいは各個人でスケジュールを組んでもらうことになります」

最悪八日休んで、あとは一カ月ぶっ通しで働くというのも可能ということだ。

「ほかにも有給を年に二十日間用意します。体調不良に合わせ、各種保険も用意しています」

そして最後に、とスエラさんは契約書のほかにもうひとつ書類を取り出す。

「同意書です。この仕事は非常に危険です。それこそ命の危険につながるほどに。こちらもできるかぎり命の保証をいたしますが、過度の期待はなさらぬようお願いします。死にかけや明らかに戦闘のできない状態でしたら、魔王軍側も助けてくれる可能性はありますが、基本敵だと思ってください。われわれもあなたがたを敵だと思い襲いかかります」

これで説明は終えたのだろう。

スエラさんは、何か質問はございますか、と聞いてくる。

「もし、おれがこの仕事を断ったら?」

「記憶の操作はありませんが、情報漏洩防止のため、ここでの内容の口外を封じる措置と、記録する行動を封じる措置をとらせてもらいます。それが嫌でしたら、今日の記憶のみを別の内容に変えることも可能です」

「そうかぁ」

怒濤《どとう》の展開に、もはや体面を繕うのにも疲れて、椅子にもたれかかる。

「一服、していいですか？」

今のおれには考える時間が必要だと思って言った言葉だが——

「どうぞ」

——まさか目の前に灰皿が差し出されるとは思わなかった。

「普通なら、姿勢を崩した段階でお帰りくださいになると思うのですが？」

ここまできたのだから、もうどうとでもなれ、だ。たとえそれでこの話がなくなっても仕方ない。遠慮なくタバコに火をつけて深く吸いこむ。

「イスアルの連中に比べれば、こちらのかたがたは礼儀正しく可愛いものです」

「そうですか……」

と、軽く答えているが、頭の中はごちゃごちゃだ。いろいろな要素が複雑に入り乱れて、受けるか受けないかの判断がつかない。

「スエラさん」

「はい」

「なんで、魔王軍は戦争しているの？」

「……帰りたいからです」

「帰りたい？」

なにか判断材料を、と思って聞いた質問で、てっきり利権やらなにやらの話が出てくると思ったがまたもや予想を覆《くつがえ》された。

「もう、五千年も昔になります。今ではすっかり魔王軍という名前が定着していますが、われわれ魔王軍は、もとはイスアルの出身だったのですよ？」

スエラさんが語ったのは、魔王軍なら誰もが知るおとぎ話だという。

太陽を司《つかさど》る神と月を司る神、これらは兄弟で、仲は良くも悪くもなく、その眷属たちも似たようなものだったという。

だが、災いというのはいきなり訪れるという。

ちょっとした小火で広がる争いという名の種は、あちこちで芽を出し、やがて戦争という大輪を咲かす。

「わたしたちの主神ルイーネさまは、滅びそうになったわれらの祖先を、その身を犠牲にして、ひとつの大陸ごと別の世界に隔離し匿ってくれたのです」

それが魔王軍の根源。

「一度距離を置きそれから元に戻そうと、はじめは対話によって和睦を求めたみたいですが、できた溝はそう簡単には埋まらず。時間がたつにつれ話は歪み、ルイーネさまは邪神とされ、われわれは夜の眷属から闇の眷属へ」

月の神ルイーネは、その大陸とイスアルをつなぐ術《すべ》を与え、スエラさんたちの祖先はかくして〝道《ダンジョン》〟を作った。

それが、ダンジョンの始まり。

「あとは泥沼です」

戦って、戦って、戦って、戦って、たがいの意見を通すためにただひたすら戦って、その中でイスアル側に異世界召換という魔法が生まれ、魔王と異世界から召喚された勇者の戦いの決着が終戦の鐘になり始めたのは二千年も前の話らしい。

「はるか昔のことはわたしたちには関係ないかもしれません。今のわたしには、あの月明かりしかない大陸が生まれ故郷で居場所なのです。ですが、それでも感じてしまうのです」

わたしたちには故郷があるのだと。

「求めてやまないのです。古里《ふるさと》に帰り、そこで生き、風を感じ、匂いを感じ、温もりを感じ、そこで果てる。魔王軍でこれを求めない部族はいません」

その思いが一番強い部族の長が魔王になるとのことらしい。

「なんというか、スケールのでかい話だなぁ」

タバコは吸わずに大半が灰になっていた。どうやらスエラさんの話に聞き入ってしまったらしい。

　灰皿に押しつけ火を消す。

「正直言えば、おれにその感情は理解できないし、それが真実だと判断できない」

　天秤は確かに傾いた。

「そもそも、この会社自体がとんでもないドッキリじゃないかと、今でも疑っている部分がある」

　よくよく考えれば、昔のおれはここまで細かいことを考える性格ではなかったはずだ。心に従い欲望を抑えず、ただ我武者羅《がむしゃら》だった。それが、歳《とし》くって、いちいち理屈こねくりまわして、リスクを計算するようになった。

「あと二年もすれば三十だし、もう無理は利かないし、三十を超えれば就職にも響く。こんな危険でいっぱいな仕事なんて、本当だったら即答で断らないといけないんだと判断できる程度には怖いと思っている」

　そもそも体が無茶できるものではない。死んでしまったらこの先の人生を棒に振るようなものだ。

「だけどな、これでも体育会系の剣道部出身だ。根性はあるつもりだ」

　でもな、おもしろいと思ってしまったんだ。もう一度我武者羅に走りたいと思ったんだ。

「そんなおれを」

ブラック企業で鍛え上げた為《な》せば成るのではという開きなおり根性のもと、たまには何も考えずに、夢中になるのも悪くないと思ってしまったんだ。

「雇ってくれるかい？」

「田中次郎さま、われわれ魔王軍はあなたさまを歓迎いたします」

田中次郎、二十八歳独身、彼女いない歴七年、そして——

ダンジョンテスターになりました。

2　新人研修始まりました

田中次郎　二十八歳　独身　彼女なし
職　　業　ダンジョンテスター（正社員）

わずかなニート期間を経て、常識の斜め上に属する職業についたおれは、現在――

「ごフォァ!?」

――新人研修を受けています。

ええ、いきなり人があまり出してはいけない系統の声を無理やり出されていますが、新人研修です。

腹に響く衝撃とともに足は地を離れ、白い床に一回跳ねたあと、ぶざまにおれは転げまわっていますが、新人研修です。

人一人、宙に浮かすほどの威力で殴る。そんな存在、ゴリラかターミネーターのような存在だと思われるでしょうが、残念ながらそんな想像からはかけ離れた見た目の人が相手です。

おれからしてみれば、どこにそんな力があるのかと疑問に思う知的でクールな見た目で、眼鏡が似合うダークエルフのスエラさん。そう、そのスエラさんが教官です。

新人研修？　それは入社したての社員が先輩、あるいは上司の指導のもと会社に馴染み、仕事の新戦力になるための足がかりだ。

現在、前職であるブラック企業を辞めて、晴れて魔王軍に入社？　し、ダンジョンテスターと呼ばれる職についたわけだ。

そんなおれも言うに及ばずその新人研修を受けているわけだが、どうやらおれが最初に想像していた新人研修とはだいぶ違っていたようだ。

「大丈夫ですか？」

「大丈夫に、見え、ますか？」

「見えませんね」

ダンジョンに潜るにはどういうスキルが求められるか。

知識？　それは必要だ。ダンジョンのことを知らず、突き進むなんて死にに行くようなものだ。

道具？　武器や防具、傷薬を用意しないなんて、ゲームでも縛りプレイとかの特殊な状況でないかぎりありえない。

ほかにもいろいろ準備が必要だろうが、基本的に求められるのは戦闘力だろう。

とっさに腹筋に力を入れたはずなのに、衝撃に貫かれ、呼吸が止まった。

結果、再始動しようにも自然に起き上がることはできず、体に活を入れ起き上がらなければいけない始末だ。

新戦力は新戦力でも、物理的な戦闘能力を求められると苦労はすると思っていたが、想定が甘かった。

ブラック企業の後始末に一週間。アパートから会社の寮に引越しするのに三日。そして、さぁ、さっそくダンジョンテスターになってダンジョンに潜るぞ！　というわけにはいかないのは理解していた。

さすがにズブの素人や、戦闘に適さない人をダンジョンに挑ませるわけにもいかない。

そのため、正式採用を見きわめるために研修期間を設けている。

その研修の三日目、おれは久方ぶりに取り出した剣道着、防具を身につけ、支給された柄《つか》に鍔《つば》の付いた木刀を杖替わりにして、起き上がろうとしている。

赤子の手を捻《ひね》る。そんな言葉が頭をよぎるほど、おれとスエラさんには隔絶した実力差が存在した。

久方ぶりの運動に汗は止まることを知らず、息は乱れる。

対してスエラさんは、スーツとハイヒールという武道をするには決して適していない服装にもかかわらず、木杖を構え、汗ひとつかかず、おれを打倒し見下ろしていた。

「体の力は上がっているんですよね？」

「実感なされているのでは？」

「鉄芯入りの木刀があんなに軽くなるとは思いませんでしたよ」

それなのに勝てない。いや、まともに打ち合うことすらかなわないのだ。

「レベルの差っていうのを、思い知らされましたよ」

紺色の剣道着に、同色の基本的な剣道防具、それに加えてこげ茶色の木刀だ。肉体的には一見変わったようには見えないが、さっきまで鉄の棒を数十分に渡り振りまわしていたのだ。

現在のおれの身体能力は、走ればオリンピックで優勝とは言わないが出場できる程度には速く走れ、垂直に飛べば人一人くらいなら飛び越えられる。

確実に能力は向上しているのを実感できる。

「すごいですね、魔紋というのは」

「次郎さんの魂に合わせて魔力を引き出すだけの回路です。それほど驚くことではありませんよ」

最盛期のおれでもできなかった芸当を今のおれができるのは、魔紋という異世界の技術のおかげだ。会社内やダンジョンの中に存在する魔力という心技体に干渉するエネルギーを、魔紋という回路で魔力適性という器に流しこむ。それだけでおれの身体能力は飛躍的に上がった。

全身にくまなく幾何学模様のように特殊な薬品を塗られた時は、思わず害はないかと聞いた記憶は新しい。

「慣れていけばさらに効果は上がります。そして、魔法も使えるようになりますよ」

「それは楽しみですね」

魔紋はあくまで回路だ。魔力を吸収するための道であり、放出するための道でしかない。

だが、その回路のおかげで、魔力を受け入れたおれの体は全体的に強化され、しっかりとした知識を得れば適性のある魔法を使えるらしい。

そしてさらに魔紋には副次的な効果がある。

「成長を実感できるってのはすばらしいな」

ゲームでいうステータス、それを見ることができるのだ。

今は手元になくて見ることはできないが、魔王軍が開発した端末に魔紋経由で魔力を流すと、自分のステータスを数値で確認することができる。

レベルという概念は存在しなかったが、力やすばやさ、知識や運にいたるまで数値化してくれるのは、運動経験者としては励《はげ》みになるのだ。

「今週は午前は座学、午後はこのような模擬戦を繰り返してもらいます」

「ダンジョンに入るためにですかね？」

「そうです。ただ概要だけ話してさぁ行ってくださいでは、返り討ちに遭うのが目に見えてますからね。それが原因で辞めてしまったら、こちらも労力を割いて勧誘した甲斐がありません」

それほど厳しい環境なのですよ。

スエラさんの言葉を疑う気はない。

おれが使っている魔紋、当然ながらスエラさんも使っている。

でなければ、身長は女性にしては高めといっても、おれと比べれば身長差は頭半分ほどあり、決して筋肉質には見えない細身な体型で、成人した男性を軽く吹っ飛ばすことなんてできるわけがない。

ついさっきだって、この模擬戦中でおれは一回、上段からの振り下ろしで彼女の動きを止めることができた。偶然が重なった結果だったが、確かな手応えをあの時は感じた。

だが、動きを止めただけで、彼女が片手でおれの全力の一撃を受け止めてから余裕の動作で放たれた反撃は、軽く蹴っただけのはずなのに俊敏で苛烈だった。

それを痛みとともに体験し、午後はそれを数えるのも嫌になるほど繰り返した。今日だけで何回地べたを転げまわったのかわからない。

それほど彼女との実力差ははっきりしているのだ。

同僚になってから〝さま〟づけから〝さん〟づけに変わっていても、先輩と後輩なのは変わらない。先輩からの忠告やアドバイスはしっかりと聞いておかなければいけない。それが自分自身のためであり、社会人のマナーだ。

それに――

「勇者くらいなんですよね？　ダンジョンを突破できるのって」

「一個師団や二個師団程度でしたら、軽く防げますね」

――会話の節々から感じられる、異常と言えるような勇者が攻略できないようなダンジョンを作り上げないといけない。

この程度で挫折していては、この仕事を続けることはかなわないだろう。

そしてその勇者がどれだけ化物なのか知る由《よし》は意外とあった。先々代の魔王と勇者の戦いを記録した水晶が存在するらしい。

それは機密であり、そう簡単に見れはしないが、いずれ見せてくれるとスエラさんに言われた。

万夫不当《ばんぷふとう》を素でいく人種が魔王であり勇者であるのだ。

通常のデコピン程度の攻撃が、ミサイルクラスって冗談が笑えないほど現実めいているらしい。そんな勇者の侵攻を防ぐためのダンジョンを考えるのは並たいていのことではない無茶ぶりだが、逆にここまではっきり無理ゲーになると、やりがいがあると感じてしまっている。

そのための下準備だと思えば、この息苦しい辛さも楽しさが勝り、まだいけると思ってしまう。

「もう一本！」

そう叫んでおれは立ち上がり、模擬戦を再開するのであった。


まぁ、そこでスエラさんから一本取れたらよかったのだが、気合だけでそう簡単に取れるはずもなく、延長に延長を重ねてついさっきまで模擬戦を繰り返し、負けを重ね続けていたのだ。

「全戦全敗って、意外と悔しくないんだな」

いや、悔しいことは悔しいが、スエラさんはおれを打ち倒すたびにダメなところを指摘してくれ、それをおれが実践し、次から次へと改善されていくと、自分が強くなっていくのが実感できて楽しさのほうが優《まさ》ってしまうのだ。

楽しい感情が表に出てしまって、ついついニヤニヤしそうな表情を引き締めるべく、よっこいせと防具の入った包みを担ぎなおす。

寮の玄関口を通り、エレベーターではなくあえて階段で登るのは、まだ身体を動かし足りないという、願望の表われかもしれない。

軽く制汗スプレーで匂いを消したが、それでも汗で服が張りつきベトベトした感触はぬぐえていない。昔だったらすぐにシャワーを浴びて、冷蔵庫を開き、発泡酒をいっきに飲み干している流れだが、そんなものはあとまわしだ。

ポケットから鍵を取り出して部屋の中に入り、靴を脱ぐ。

「さてさて、今日はどれくらい上がっているかなぁっと」

アパートの部屋にあった私物の大半は、今回の転職で心機一転ということで売るなり処分するなりでだいぶ減り、今の寮の自室は備え付けの家具以外はだいぶさっぱりとした雰囲気でまとめている。

その中で、おれは迷わず机に近寄り、ぱっと見だとタブレットPCにしか見えない白い端末を手に取る。

というより、エネルギー源がおれの魔力というのを除けば、中身はタブレットPCそのものだ。

まぁ、その中には魔王軍開発のアプリ機能がぎっしりと入っているため、地球製のものとだいぶ違うという点は除く。

魔紋から魔力を流し、端末を起動する。わずかな起動時間もおれにとっては待ち遠しくてしかたがなかった。

「ステータスチェックっと」

起動したらすぐに画面をスライドさせ、迷わずステータスチェックアプリを起動する。

途端、画面は診断中という文字が流れ、わずか数秒で診断を終了する。

「やっぱり、力と耐久の上がりがいいなぁ」

今日だけで四時間は体を動かし、そのいずれも鉄芯入りの木刀を振りまわし、スエラさんに殴られ、吹き飛ばされ続けたのだ。

上がっていないほうがおかしい。

ステータス表は、上から順番に、力、耐久、敏捷、持久力、器用、知識、直感、運、そして魔力と続き、前回の診断と比較するように表が映し出される。

「代わりに持久力はともかく敏捷は少ししか上がらず、知識にいたってはほとんど変動なし、運なんて上がったところを見たことないぞ」

力は単純に筋肉を鍛えれば数値が上がる。持久力は長距離走とか体力が必要なことをすればいいのだ。だが、運という要素は、今のところ上げかたがわからない。

「午前中は座学研修だったはずなんだが……知識って本当に上がりづらい」

わからない要素を放置するのは気が引けるが、今は下がらないだけマシと思うことにする。

このステータスチェックをすれば、新たに身につけた魔紋は決して努力に対して嘘はつかないのがわかる。やればやるほど上げやすい能力と、上げにくい能力は存在するが、決して上がらないわけじゃない。

しかし逆に、努力を怠ればステータスはしっかりと下がるのだ。赤文字は上昇を、黒文字は停滞を、青文字は減少を指し示す。

幸い今のおれのステータスに青文字は見当たらない。

このままいければいいが、そうはいかない時も出てくるだろう。

「あとは、研修中にどれだけスキルを付けられるかだな」

端末をスライドさせ、次のページを表示させる。

スキルという項目が映し出され、そこにポツンとひとつだけ表示されている。

猿叫（えんきょう）の威圧
理解不能の奇声によって敵を威圧し、惹《ひ》きつける。
攻撃時に使用すればダメージ上昇（弱）

うん、要はあれだ。剣道初心者なら恥ずかしがりながら「めん」と言い、中級者なら「メェン！」と叫ぶ。そしてそれが上級者になると――

「**ミエイウエエエン！！！**」

――理解不能の奇声が続出する。

そして、おれもその続出する一派なわけだ。

最初に健康診断でステータスチェックをしたとき、こんなスキルがあると知って唖然としてしまった。普通剣道を習っていたなら、こう〝剣術スキル〟とか〝刀剣スキル〟とか、そういった剣に関係するものがつくのではと思う。

だが、ファンタジーにも無情な現実はあるらしく――

「あなたがたのゲームで言うパッシブスキルは存在しませんよ？」

――スエラさんいわく、スキルで〝おれツェェェー〟はできないとのこと。まぁ、魔紋がパッシブスキルの代わりといえば代わりらしいのだ。加えて、魔紋を刻んだばかりの最初からスキルを持っている人間は珍しいらしく、鍛えていけばそのうちひと財産になるらしい。

「理解不能言語が生命線ってか？」

相手が怯えれば確かにこちらが有利になる。そこらへんも考えなければ、この業界で文字どおり生きてはいけないだろう。

「さぁて、シャワーを浴びるとするか」

とりあえず、体が資本の仕事だ。風呂に入り、夕食を取るとしよう。

明日も朝から講習があるしな。

研修四日目の朝。

大学の講義室のように、後ろに行けば行くほど高くなる段状の教室で、おれは資料とノートを交互に見つつ要点をまとめ、合間に一番後ろの席から同期となるメンバーに視線を送る。

まずはじめに言えるのは、軒並み若い。少なくとも見た目は、おれより年上と言える感じの人物はいない。おもに二十代前半、二十から二十二、三といったところだろうか。まぁ、職業がら戦闘能力を求められているのだから、若いメンバーがそろってしまってもおかしくはない。

加えて、募集していた人数に比べて、圧倒的に人数が少ない。

もともと百人規模で使用する予定であっただろう講義室の席も、半数をちょっと超えた程度しか使われていない。

しかし、驚くことに男女比率にほとんど差がない。

さらに加えるなら、未成年者は思ったよりも少ない。

いや、いるといえばいるのだが、溢れかえるほどではない。

適性者が少ないのかもしれないが、こういった仕事ならおもしろいという理由だけでもっと応募者が多くてもいいような気もする。

まぁ、当然か。いくら給料がよくて職場環境がよくても、〝命の危険があります〟では未成年の親御さんが許可を出すはずがない。

場合によっては許可を出す可能性もあるが、そんなもの例外だろう。

募集要項には未成年者も入っていたが、漫画やゲームではないのだ。学生が戦うなんて夢物語は、ファンタジーでもそう簡単には実現することはないらしい。

「ファンタジーは目の前にあるっていうのにな」

最後尾の席だからこそ、小声で気づかれないように頷く。

教壇に立っているのは、スエラさんとは違ったタイプのダークエルフの男性、ロイス教官だ。これがまたイケメンで白衣がよく似合う。女性のテスターたちはそろって瞳をキラつかせながら、真剣に授業を受けている。いっぽう、男性テスターはといえば、真面目に受けているのが三割と、ほかはおもしろくなさそうに中途半端に話を聞いているのが大半だ。

「ダンジョンのモンスターは大きく分けて二つ」

まぁ、おれはその三割のほうだけどな。

いくらなんでも教えてくれる担当がイケメンで女にモテモテだからって、嫉妬と自分の命を天秤にかけるなんて馬鹿らしすぎる。まぁ、さすがに三十路《みそじ》手前で彼女なしだと、ある程度のあきらめがついているってのも理由にあげられるがな。

ほかの同期に呆れた視線を送りながら、モニターに表示されている内容を自分なりに重要だと思う部分をまとめてノートに書き写す。当然、資料のほうにもラインマーカーを忘れない。

「ソウルとブラッドだ。ソウルは魔力だけで形成された魔物だ。一般的にダンジョンを徘徊している魔物はソウルのほうだ。特徴は、攻撃し傷つけても血は出ず、代わりに魔力粒子があふれ、倒すと死体は一部分を除き残らず消滅する」

資料に書いてある内容を読み、並行して教師役のダークエルフが講義する内容も頭に叩きこむ。

「個体差がないというわけではないが、能力差に大差はない。知識と技術があれば決して倒せない相手ではない。代わりに、魔紋への影響は少なく、手に入れられる素材は少ない」

要約すると、死体が残らない量産型モンスターというわけか。

「気をつけるのは、ブラッドのほうだ。これは個体数こそ少ないが、各種族のソウルの三倍から十倍のスペックを誇る」

〝ブラッド〟――資料を見るかぎりでは、文字どおり傷つければ血を流し、倒せば死体が残る魔物だ。言うなれば、ユニークモンスターだ。

「きみたちはまだダンジョンに慣れていない。出会ったなら無理せずすぐに逃げることを勧める」

ダークエルフの教師の言葉に難色を示す反応がちらほらと見える。

強さはソウル個体の数倍、戦うにはリスクがあり経験が必要とされる。だが、それに見合う魔力とソウルにはない特殊な素材を手に入れることができる。ソウルのローリスクローリターンか、ブラッドのハイリスクハイリターンだ。

おれは選ぶなら前者だが、後者を選ぶやつもいるだろう。

それが、魔紋《ちから》を手に入れて浮かれたやつならなおさらだ。

魔紋は進化する。いや、正確には最適化と言ったほうがいいかもしれない。外部からつけた外付けの回路を体に染みこませるには時間がかかるらしく、促進させるにはエネルギーが必要だ。

それを補うのが魔物との戦闘だ。体を動かすだけでも魔紋は最適化されるが、質は低く、上がりにくい。

それに対して、魔物との戦いは最適化に加え、倒せば魔力という魔紋の質を上げてくれる要素を与えてくれる。

三十手前のおれにいたっては、加えることに給料も上がるというウハウハ話だ。

「見分けかたは簡単だ。ソウル個体をベースにし、なんらかの特徴が必ず現われている」

魔族や魔物は、強さを誇示したがる傾向がある。それは独特な爪であったり、肌色であったり、武器であったりするのだが、それらがユニークであるブラッドに反映されているのだ。

「本日は以上だ。各自昼食をとったあと、午後の訓練へ」

時間はすでにお昼へと差し迫っていて、切りがいいこともあり、五分ほど早く講義は終わる。

「それと、職種希望調査を明日回収する。各自の初期装備を配付するための資料になるので、忘れず持ってくるように」

最後にお土産と言わんばかりに連絡事項を残して、イケメンダークエルフは講義室を出ていった。

集中から解放されて背伸びをすれば骨がコリコリと鳴り響き、固まった筋肉がほぐれる感じがする。そして周りはイケメンダークエルフの置き土産の話で盛り上がっている。

「おまえなんの職種にする？」

「ん？　やっぱり魔法使いかなぁ」

「え？　おまえもかよ」

「前に出るの怖そうだし」

「だよなぁ」

前衛職なんてないわ、と続く話を聞きながら、おれは立ち上がり、その脇を通り抜ける。

そして、誰もおれに話しかけようとしない。目が合えば、そっと会釈程度はしてくれるがそれだけだ。

「ジェネレーションギャップって、こういうことを言うんだろうなぁ」

その反応を見て、つくづく年をとってしまったものだと思ってしまう。

なにせ採用された同期の中で、おれは最高齢だ。そして周りは全員年下で、正直どう話しかけたらいいかわからないし、体の成長がすでに下り坂になっているおれとなかよくなるメリットなど少ないと周りは思っている。というかそういう陰口を聞いた。

よってめでたく――

「三十路手前のぼっちが誕生したわけだ」

めでたくは決してないが、逆に気楽だと考えよう。

「前衛職って人気ないなぁ」

ポジティブに思考を切り替えて移動した先、食堂の片隅でハヤシライスを食べながら進路希望調査のような用紙を眺める。第一から第三までの希望職が書けるようになっていて、上の大きな枠組みには、〈前衛〉、〈遊撃〉、〈後衛〉の三種にわかれて希望する職業が書かれている。

といっても、それを選択したからといって特別なスキルがもらえるわけではなく、ただ単に希望の職業で用意した初期装備の配付と、基本動作のレクチャーをしてもらえるだけだ。

「まぁ、人は人、おれはおれってことで」

　サラサラとこの二、三日のあいだに考えていた希望職を書けば、あとは昼食に専念するだけだ。

　午後に備えるためには、しっかりと食べておかなければ。

「**メエイエエエンゥウウウ！！！**」

　腹も膨れ、絶賛奇声をあげているおれの上段からの唐竹割りは、この三日のあいだにすっかり容赦という言葉がなくなっていた。

　常に全力。魔紋による身体サポートを受けて、軽々とはいかずとも、少しの無茶で動ける状態で本気で戦っているという感覚は、若いころを思い出させる。

「**ドゥルぅウウウウウウ！！！**」

　振り下ろした勢《いきお》いを無理やり変えて胴薙《どうな》ぎへとつなげるが、カンと軽く、木同士が当たったような音が聞こえるだけに終わった。

「背中を見せたら襲ってくる。そう思ってください」

　わかっている、と言う暇もない。クールな声ではっきりと聞こえる忠告に従うように身を投げ出し、前転すれば、わずかに背中に何かが通り過ぎるような空気を伝える摩擦音が聞こえた。

「すばやく立ってください。すわっている獲物ほど格好の的です」

「**ツゥルゥキイイイイイイ！！！**」

「立ちながら反撃する判断はすばらしいですが、同格ならともかく、格上に破れかぶれの攻撃は効きません」

考えるよりも先に体を反応させろ。

「**コテェエエエエエエエ！！！**」

「攻撃するときは、しっかりと姿勢を整えてください」

フェイント代わりの突きなどはじめから眼中にないかのように、スエラさんの杖は正確に、すばやく、彼女の手首に向けて振り下ろした木刀をそらしてみせた。

「でなければ、連撃はただの体力を消耗する無駄な動きに成り下がります。そして、しっかりと攻撃後のアフターケアをしなければ」

これで後衛職だというのだから、異世界というのは半端ない。

見えるように、けれどおれに反応できないように滑らかに打ち出された杖に対して、おれができることなんて体に力を入れて少し飛び上がる程度だ。

「グ」

一瞬息が詰まるが、それだけだ。かなり痛むが、それでも動けないほどではない。

この数日で、よくもまぁここまで痛みに耐性がついたものだと自分を褒《ほ》める——

「ゴハ！」

——ことは、残念だができなかった。

「衝撃を殺そうとしての判断かもしれませんが、相手の攻撃力を検討してから、そういった判断をしたほうがいいです。でなければ、飛んで衝撃を殺す行為は、よほどの開けた場所でしか使用するのはおすすめしません」

ええ、実感しています。だけど、おれが立っていた場所と、今おれが衝突した壁とは、少なくとも二十メートルは離れていたはずだ。

「特に閉鎖的な空間が多いダンジョン内、もしくは崖などが多い落下の可能性があるエリアでの先ほどの行動は、確実に命取りになりますね」

「き、厳しい」

「あなたが生き残るためです」

「そ、そうですね」

スエラさんはおれをあっさり吹き飛ばしたのにもかかわらず、表情を変えず、早歩きで歩み寄り、おれの体に触れる。

ほんのりと温かい女性の人肌の体温に、痛みと違ったなにかを感じドキリとする。

そんな感覚に、体がわずかにはねる。

「？　すみません、痛みましたか？」

「い、いえ」

恥ずかしいだけです、とは不謹慎でもあるし、羞恥的な意味でも言えない。

「打撲だけですね。治療魔法をかけますか？」

「いえ、骨折とかだけの時で」

「確かに治療魔法は成長を阻害します。ですが、それは耐久性だけです。あまり無理には勧めません」

「前衛なら耐久値は必須ですし、今は体が痛むけど、無理って感じがしないから大丈夫です」

頭を向けるように差し出された杖の先を手のひらでどかすように立ち上がり、肩をまわしたり、足を上げたりすれば、わずかに体全体各所から痛みが走る。

だが逆に言えばそれだけだ。骨が折れた感じもしない。血が出ているわけでもない。放っておけば体の熱が痛みを隠してくれる。

「それにスエラさんの加減が上手なので、変なところが痛まないってのは、ありがたいですね」

これで関節が痛むとか、木刀を握るための握力がなくなっているとか、頭をメッタ打ちにされるとかだったらさすがにやばいが、そんなことは今のところない。

「この先はわかりませんが、今のあなたとわたしの実力差は、赤子と翼竜《ワイバーン》程度の差はあります。そのおかげでわたしにはかなり余裕があり、今のようなことができます」

赤子の手を捻るどころの話ではなかった。

「そんなに差が？」

「ええ、ちなみにわたしと将軍の差も同じくらいですよ？」

スエラさんですらこれだと、パワーインフレ起こっているって次元の話だね、これ。

「ちなみに将軍と魔王さまの差は？」

「将軍が束になって、ようやく一撃入れられるかどうかといったところでしょうか。それも、カスリ傷程度ですけど」

正直それがどれくらいの強さなのか、まったく想像できない。

「魔王さまにとって、おれはアリ以下か」

「戦闘能力的には……微生物でも過多かもしれませんね」

ここまで差があると逆にあきらめがつくというものだ。

ようやく痛みが引き始めて立ち上がるころに、ひと息入れましょう、と言うスエラさんの誘いを断るわけもなくすなおに受け入れる。

正直、美人の前での男の意地で立っていたおれは、端に移動して面をはずす。

「ぷはっ……そんな魔王さまに勝つ、もしくは互角な勇者は、いちおうおれと同じ地球出身ですよね？」

「ええ、もっと具体的に言えば、十六歳から十九歳が勇者の平均年齢ですね」

「何が起こった、現代高校⁉」

窮屈な感覚から解放されたはずなのに、明かされたファンタジー事情によって妙にモヤモヤとした感情が心のうちに現われた。

そしてそんなハチャメチャな高校生なんて、見たことも聞いたこともない。

そもそもそんな高校生がいたら表沙汰にならないわけがない、少なくともテレビくらいには出るはずだ。

それはすなわち――

「ファンタジー怖えええ」

「将軍級の魔力適性のあるあなたが言っても、五十歩百歩のような気がしますが」

「実感はいっさいないですけどね」

あなたが言わないでください、と入社して最初に行なった身体測定で判明した結果を知る立場にいるスエラさんは、少し困ったように笑いながら、魔法で取り寄せたスポーツドリンクを差し出してくれた。

「どうも。でも魔力適性が八だなんて、本当におれにそんな能力があるんですか？」

「実感できるのはだいぶ先です。最初から自分が強いと実感できるのは、魔力適性十の正真正銘異常な存在たちだけです」

その言葉にどことなく納得できない感情をスエラさんから感じ取るが、わざわざ藪をつつく必要はない。

喉をうるおすためにいっきにペットボトルの中身を飲み干し、実際のおれのスペックについて考える。感覚的にはまったく実感はないが、将来的には、それこそ年単位で鍛え上げれば、さっきの戦闘の立場を逆にすることが可能なほどの潜在スペックがあるということだ。

「大半のかたがたは、最初はよくて小鬼《ゴブリン》並みといった戦闘能力しかありません。しかし、今のあなたなら、早々にゴブリン程度なら遅れは取らないでしょう。運がよければ豚鬼《オーク》も正面から叩けます」

「それってすごいんじゃ？」

ここ数日、完全にボコボコにされていたためか、てっきり、〝今のあなたはゴブリン以下です〟とボロクソに叩かれると思っていた。

だが、想像以上の高評価をスエラさんはおれに与えてくれた。

「ええ、一対一ならわたしの言ったことに間違いはありません。ですが、ダンジョンで孤立している存在などそう多くありません。勇者のつけいる隙にもなりますので」

「というと？」

「今のあなたなら、そうですね……隙を与えなければ十体、隙を突かれれば三体で負けますね」

しかし、彼女のしっかりと仕事ができる印象というのは裏切らず、おれの高くなった鼻はすぐに削ぎ落とされた。

暗に〝死にます〟と告げられれば、おれだって腹のひとつやふたつ――いや腹はひとつしかないのだけれど――立てるのだが、やってみないとわからないとムキになるほどおれも若くはない。

「どこまで強くなれば？」

どちらかと聞かれれば危険《リスク》を避けるために、安全策を考えるほうに頭をめぐらす。

「勇者を倒せるほどに」

「おれ、戦う必要ないですよね？」

「想定しているのは、対勇者ダンジョンです。それくらい強くなってもらわなければ困ります」

「ですよねぇ」

最初から提示されてわかっていたことだ。対勇者ダンジョンの作成――それが、おれが受けた仕事だ。なら最終的におれがなるべき強さのラインもそこらへんということになる。

「あと一本やりましたら今日は終わりにしましょう。ですから、少し本気を出しますので先に連絡事項を」

休憩が終わりと聞いて、さらにもう少しで訓練も終わりと聞けば、活を入れるには充分な理由だ。面をつけながら話を聞く。

「明日の午前中に職種希望用紙が回収されるはずです、なので、今後の午後の研修は場合によっては、担当が変わるかもしれません」

「スエラさんの職種って魔法使いでしたっけ？」

「ええ、ですので、そちらの手が足りなければ、わたしも応援のためそちらにまわることになります」

なら、確実に担当が変わるな、と昼間の話や周囲の様子を見れば確信できる。

餅は餅屋と言うが、おれの希望する職種と彼女の職種はかすりもしない。

気合を入れるように最後の紐をしっかりと結び、木刀を片手に立ち上がる。

「わかりました。それでは一本お願いします」

「魔法は使いませんが、魔法使いの近接戦闘能力をお見せします」

こんな美人との研修もこれで終わりかと残念に思いながら、ならばできるだけ長く粘ろうと心に決めながら、訓練場の中央で向き合う。

結果だけ言おう、おれは過去最高の粘りを見せたが、ボコボコにされる結果は変わらなかった。

「？」

結論——ファンタジー魔法使いは半端ない。

田中次郎　二十八歳　独身　彼女なし
職　業　ダンジョンテスター（正社員）
魔力適性　八（将軍クラス）
ステータス
力　13　↓　力　25
耐久　10　↓　耐久　30
敏捷　12　↓　敏捷　17
持久力　8（マイナス5）　↓　持久力　19（マイナス5）
器用　15　↓　器用　21
知識　30　↓　知識　31
直感　5　↓　直感　6
運　5　↓　運　5
魔力　40　↓　魔力　40
状　態　ニコチン中毒
肺汚染（中）

今日のひとこと

研修を受け、ダークエルフの魔法使いにボコボコにされています。

3　保険項目をしっかりと考えました

研修を受け、ダークエルフの魔法使いであるスエラさんにボコボコにされていたのは昨日だ。

新人研修が始まったここ数日で、魔法使いに対して近接戦闘ができないなんて幻想は、水平線どころか次元の彼方まで吹っ飛ばした。

そんなおれは――

「ジローさん、生命保険はいかがですか？」

「朝っぱらからなんですか？」

――出勤前なのに、なぜか生命保険の勧誘を受けている。

おれの今の格好は上着を着ていないスーツ姿。そしてここはおれの部屋だ。

歯を磨いて顔を洗ってスーツを着て朝飯を、と思ったタイミングで鳴ったチャイムに応えてみたら、スエラさんが書類片手に立っていたのだ。

「いえ、深い意味はありません。ええ……」

「浅い意味はあるんですね？」

普段の知的で自信にあふれる彼女の態度から一変、おれと視線を合わせない、有り体《あてい》に言えば、〝後ろめたいことがあります〟と宣言しているような態度だった。

そしてそんな彼女が差し出してきた書類のタイトルは、生命保険に始まり、重大疾病関連の保険やら、入院費負担関連の書類、その他もろもろの保険項目。保険証はもらっているが、その内容の穴を完全に埋めるようなラインナップには、怪しさを隠す気がないのかと疑問に思うことすらできない。

「いえ、浅くはない理由が、ええ、ありますが……あるんですけど……あっちゃうんですけど」

「スエラさん口調が安定していませんよ？　それと、何故《なにゆえ》に三段活用？」

できる上司、そんな印象を抱いていた彼女が、ここまであからさまに動揺する内容に対して興味が尽きないが、言えないような事情もあるのだろう。同年代、へたすれば年上の女性であろう彼女が年下に見えてしまうような状況で、これ以上時間を取られるのは遅刻とかそういう意味でまずい。とりあえずここは――

「ええっと、とりあえず朝飯食べてからでいいですか？　このままだと遅刻しそうですし、午後の訓練のあとにでも」

「それだと遅いんです！」

か？」


「え？」

いきなり叫ばれて、キョドってしまったおれは悪くないと思う。

「とりあえず、朝ごはんは今から出前させますので、部屋に入れてもらっていいです
か？」

「いや、さすがに」

「言いわけ無用！　いいですね!!　ええ、大丈夫です！　男性特有のあれなグッズとかあっても気にしません！　このさい、愛人がいても気にしません!!」

あまり親密でない女性と自室で二人っきりはマズいと言おうとしたが、なぜかかなり飛躍した状況で大丈夫と断言されてしまったおれは、どうすればいいのだろうか。

せめて、愛人はダメでしょう、くらいは言うべきか？

「もうすぐ朝食が届きますので入りましょう！」

「えっと、どうぞ？」

勢《いきお》いっていうか、こんな暴走状態のスエラさんが相手では、断るというコマンドは実行できなかった。せめてもの救いは、男が持っていておかしくないものはまだダンボールに入っていて未開封であったことと、昨日のビールがテーブルの上にのっている程度しか散らかっていないということだ。

なんとなくではあるが、部屋の主《あるじ》をおいてけぼりにして書類をテーブルに展開する彼女

の姿を見ると、なぜか前の職場で理不尽な仕事を押しつけられた自分を見ている気がしてならない。

この場合仕方ないというのだろうか？

注文してからわずか四分で届いた、トーストとウィンナー、サラダとコーヒーという、ザ・洋食の朝食片手に、おれは新人研修が始まるまでの時間で保険の説明を受けた。

有名どころからマイナーなところまで、それこそ差し歯保険なるものまで確認させられた。

さすが仕事ができるという第一印象は伊達《だて》ではなく、できれば発揮してほしくなかった手ぎわを見せつけられる時間であった。

「では！　午前中の休み時間までにサインしておいてください！」

「いや、理由を、説明を！　って行ってしまったな。いやこの場合は嵐は過ぎ去ったか？

それとも、また来るのか」

走りはしないが、早足で、しっかりと背筋を伸ばした姿勢で歩き去っていくスエラさんの背を見送る。

振り返って部屋の中を見れば、机の上には綺麗に整頓され、サインが必要な箇所に付箋が付いた保険関連の書類が残っていた。

「次の休憩までにサインできるか？」

軽く山になっている書類の束を見て、次に時計を見る。

皮肉なことに前職の経験からどうにかなるとわかってしまう程度の時間は残っていた。

あとは——

「おれのやる気だけか」

今日の講義はギリギリになりそうだな、と覚悟を決めて、保険書類にサインしていく。

そのどれもがきちんと内容が頭に入っていて、泣きたくなることに、今後の必要性もしっかりと説明されてしまっている。

高給であるがゆえに高額な保険料も支払えてしまう。

そして、ここ数日の研修で、これ以上の命の危険やらケガの心配も必要だということも理解してしまっている。

「……おれ、早まったか？」

もしかしたら前職よりもブラックな企業に就職してしまったのだろうかと思ったが、待遇面と勤務時間は圧倒的にこちらのほうが上だ。単純な問題、自身でリスクマネージメントができればかなりいい職場ともとれる。

例をあげれば高給であることに始まり、いま書いている保険書類も前職ではありえないぐらいに安いし、充実している。

なにより、今のおれは楽しんでいる。

仕事という名で現われた非現実《ファンタジー》に。

「ま、無理なら無理でどうにかなるか」

最悪、退職して記憶を消してもらうか、と楽観的な考えも浮かぶ。

「とりあえず、サインだけ終わらせよう」

さぁラストスパートだ、と講義前に終わらせるためにボールペンと印鑑を走らせる。


「サインできましたか⁉」

午前中の講義の中休み、すわりっぱなしで固まった体をほぐすように背伸びをしている時に、スエラさんは現われた。

スタイリッシュに服装を崩さずに、チャイムというか講義終了三十秒ほどで迅速に現われたその姿は、なんというか、すごく効率的に動いているとしか言いようがない。

「これで？」

「確認します」

カバンに入れていた保険書類を渡せば、スエラさんはその場でチェックしていく。

だが、その速度は尋常じゃない。本当に読んでいるのかと聞きたくなるほど早い。その動作、まるで札束の枚数を確認するかのように書類を読んでいく。

「問題ありました？」

「問題ありませんね。安心してください、絶対に間に合わせますので、ええ」

「いや、いったい何に？」

「時間がありませんので、説明はあとで」

焦るという言葉しか当てはまらない彼女の態度。

たかが、なんて言葉を使っていいのかわからないが、保険の契約で焦るなんて、現代を生きるおれが想像するとしたら、〝単純にやり忘れで焦っている〟、〝保険会社のまわしもの〟――これくらいしか、思いつかない。

だが、前者にしろ後者にしろ、彼女の今までのイメージからして考えにくい。

「ええ、書類はそろいました。は？　何を言っているのです。総務部にきっちりと話を通しなさい。最悪、あなたが魅了魔法《チャーム》でも催眠魔法《ヒュプノス》でも強制呪術《ギアス》でも使って押し通しなさい。でなければ今週は休日出勤確定にしますよ」

すぐそばで耳に手を当ててなにやら独り言を言っているように見えるが、これは念話という魔法らしい。携帯電話よりも便利そうだが、現状、魔力のある会社内でしか使えない。要は内線電話か、館内放送のファンタジー版といったところか。

話している内容は、ファンタジーどころか現代社会でも聞きそうな内容であるが。

「ええ、では三分でそちらに行きます。すみません次郎さん、保険証をお預かりしても？」

「え、ええ、どうぞ」

及び腰になっているのは仕方ない。

彼女の迫力に付随するかのようなファンタジー的な内容でブラック企業の会話をされてしまっていたら、どうしても引いてしまう。正直、スムーズに財布から保険証を出せたことがびっくりだ。

「確かに。午後にはお返ししますので、安心してください」

いや、どちらかと言うとあなたの態度で安心できません、とは言いたくても言えない。なにせ聖職者の、それも人気のあるシスターさんの慈愛の笑みってこんなのかなぁって思えるような笑みを向けられたら、そりゃぁ、見惚れるしかないでしょう。たとえ今回の保険関連で何があったとしても、あとで何か言うかもしれないが、今この場では何も言えない。

「はぁ、がんばってください？」

「ありがとうございます。では、失礼します」

綺麗に一礼して立ち去っていく後ろ姿を見送る。

異常というひとことで片づけられる今朝からの出来事だが、これでとりあえずはひと段落したと思うことにする。なにせ周りからもなにごとかと向けられる視線にさらされているのだ。現実逃避がてら、今はただただあの笑顔を頭の記憶媒体に記憶するしかない。

美人は何をしても得だなぁ……。

「おれ、午後から何をされるんだろう？」

しかし現実逃避していても、不安はこぼれてくる。

「いかんいかん。何もしないと変なことを考えそうになる」

ならば、タバコでも吸ってくるかと鞄に手を伸ばす。

「って、禁煙中だった」

体を動かしていると自然ときつくなるのは呼吸系統だ。

最初の午後の訓練で文字どおり痛いほど身に染《し》みたが、ならば禁煙とできれば苦労はしない。ああいう中毒性のあるものはそう簡単に手から離れない。

そう思っていたが——

「ステータス表って便利だなぁ」

——最初のステータス確認の時に、状態異常の欄に〝ニコチン中毒〟、〝肺汚染（中）〟って書いてあったら嫌でも意識する。

さらにタップすると具体的なバッドステータスも表示されるから笑えてくる。

ニコチン中毒
・思考の沈静化

・内臓機能低下
・持久力低下
肺汚染
・持久力低下
・肺機能低下

そんな説明とともに、ステータスの脇に括弧書きで具体的なマイナス数字が書かれていたら、嫌でも禁煙するに決まっている。

「代わりに食欲が増えたけどな」

昔に比べたらかなり食べるようになった。

はっきり言えばおれは朝食なんてここ数年食べていなかった。朝食を食べる時間があったら睡眠優先、そんな感じの生活を送っていたようなおれが、ここ数日はしっかりと三食とるようにしている。

そのぶん運動しているから、脂肪はつかず筋肉がついていると信じたい。

「ってか、よくよく考えると、魔法使いって太りそうな職業だよな」

完全な偏見だが、後ろで魔法を撃つだけでは、どうも運動しているようなイメージはわかない。動かないし、魔法を使うというのは脂肪を燃やすというイメージにもつながらない。

加えて、魔力というエネルギーを補給するため、栄養剤やら飯を食べる描写が妙に多いような気がする。

そんな結論だが、あながち間違っているとも思えない。

まぁそれでも、イコール太るという安直で冗談のような想像でしかない。

しかし見える範囲で何人かおれの言葉が聞こえたのか、ピクリと反応した女性がいたような気がしたが、気にしない。というより、気づかないことにする。

そもそも前衛職が第一志望なおれにとって、この考えは余興程度の意味しかない。というか、スエラさんという実例を見るかぎり、たとえ魔法使いになっても緊急時は魔力を上げて物理で殴れ、という魔法使いとしてあるまじきポジションになりそうな気がするから、結局は肥満という発想にはいかないだろう。

そんな無駄な考えごとをしていたら休憩の時間は過ぎ去り、講義が始まる。

結局、スエラさんの行動に疑問を覚えながら、モヤモヤは解消することなく時間は過ぎ去っていった。

結論というのは、遅く出る時と早く出る時がある。

今回は後者で、午前中に感じた疑問は午後になってすぐに解決した。

「安心してください、次郎さん。保険体制は抜かりなく、回復体制も万全です」

朝見たスーツ姿のスエラさんも綺麗で可愛かったが、〝ザ・エルフの魔法使い〟という高級そうというより効果がありそうな装備を着こんだ彼女の格好もとてもステキで、可愛くてどちらも捨てがたい。

露出を避けてか布に包まれながらも強調してくる胸元は、肌色は見えないがまさに眼福と言いたい気持ちをあふれ出させる……。

……通常ならそう思えたが、生憎とそんな気持ちが湧き上がる余裕は今のおれにはない。むしろ、必死におれを励《はげ》ましてくれているスエラさんの言葉を理解したくないおれがいる。

「おうおう、コイツが唯一の前衛職希望ってか？」

『カカカカ、なかなか生きが良い魂をしておるのぉ』

おもにスエラさんのとなりにいる二人？　の存在によって……。

ひとことで表わせば、〝赤色肌の鬼ヤクザ〟と〝暗黒骸骨紳士〟といったところか。

良く言えば雰囲気のある、悪く言えば迫力のある声のヤクザのほうは、はちきれんばかりの筋肉を白いスーツで包み、睨めば子供どころか大人ですら気絶するような強面《こわもて》は、サングラスで隠しているが隠しきれていない。頭には三本の角があり、背丈は完全に二メートルを超えている。あえて言うなら、〝ヤバイ〟のひとことだ。

もう一人？　の老紳士的な声の骸骨紳士は、細身と言うより肉がない体をセンスのある黒いタキシードで包み、今にもなにか黒いものをあふれさせそうな底知れぬ髑髏《どくろ》の笑みを、シルクハットの下からのぞかせている。その背丈は、おれ以上ヤクザ未満といったところだろうか。あえて言うなら、こちらも〝ヤバイ〟のひとことですむ。

はい、さっきから〝ヤバイ〟しか言っていないが仕方ない。だって剣道の面越しでも、雰囲気というか貫禄？　むしろオーラ的なものが、おれを押しつぶそうとズシンズシンと伝わってくるんですよ。

最初にスエラさんが現われたときは喜びの笑顔になったが、すぐ背後に立っていた二人を見てしまったら、直立不動で待機するのは生存本能的に当たり前だ。

「あんちゃんの指導を担当することになったキオってもんだ。ダンジョンに入るまでの一カ月、よろしく頼むぜ」

『補佐のフシオだ。よろしく頼むのぉ』

「引き続き、次郎さんの担当を続けるスエラです。治療の担当をします。訓練中の怪我は生きていればなんとかしますので、がんばってくださいね？」

「た、田中次郎です」

ああ、スエラさんがいるから立っていられます。

ですけど、先に水分補給していいですか？　さっきから冷や汗が止まりません。

「お二人ともわかっていると思いますが、しっかりと手加減してくださいね、いいですね？　しっかりと手加減を」

「わかってる、わかってる」

『カカカカ、承知しておるよ』

そんなおれの様子をわかっているのかわかっていないのか、スエラさんは念を押すようにおれの中で危険人物になっている御仁たちに注意を促している。

うん、おれ、このあと、この人たちと戦うんだ。

それなら今朝のスエラさんの行動も納得だ。

保険必要だよなぁ。おれ、午後の訓練のあとに生きているかなぁ。

「し、質問いいですか？」

「おう、妻は二人いるぜ！」

『ワシは、一人じゃな』

「ど、独身です、って何を言っているんですか、お二人とも！」

へぇ、スエラさんは独身なんだ、いいこと聞いた。というか、鬼ヤクザなキオ教官はともかく、髑髏紳士なフシオ教官、結婚していたんですね。

「なんだよ、ガチガチに緊張してるあんちゃんを少しでもリラックスさせてやろうっていう、おれの気遣いだぜ？」

『こうも緊張されてしもうたら、教えるほうとしても無理ができんからのぉ』

あ、そうなんですか、見た目に反してお優しい人（？）たちなんですね。

なんとなく、冷や汗は止まったかも。

「そうだぜ。全力で動けねぇと、手加減失敗したら一撃であの世行きだからなぁ」

『カカカカ、実力差的には羽虫をつぶすようなものじゃからのぉ』

ええ、全然優しくなかったこの人（？）たち。

「お？　危険を感じて距離を取る。いい判断だ。そうは思わねぇか？」

『ワシらのような魔法使いにとっては下策じゃが、逃げることを前提としたら悪くはない判断かのう』

しかもしっかりと把握されていますよ。

もうこの人たち、魔王か何かですか？

訓練受けたら死ぬしかない未来しか見えないんですけど？

「す、スエラさん、質問いいですか？」

「はい、お二人とも少しのあいだお静かにお願いします」

「おう！」

『ウム』

「……」

「んな、警戒するなよあんちゃん、とって喰いやしねぇよ」

『カカカカ』

いや、信用できないよ。特にそちらの髑髏紳士なフシオ教官、あなたはおれの魂の活きがいいなんて言っていますからね？　警戒心は解きませんよ。

だけど質問はしないと。

「さっきさらっと言いましたけど、前衛職がおれ一人って、本当ですか？」

「そうです。ですがこちらのほうでも、面談して何人か転職者を募っています」

「手応えは？」

「……芳しくないのは事実です」

そうだろうな。

一緒に講義を受けていればある程度の噂話ぐらいは耳に入ってくる。その誰もが魔法使いや回復職、あるいは弓使いなど後衛に準じる職業ばかりだ。

前衛、特に戦士など壁役の話なんて、これっぽっちも出てこなかった。

その結果が、体育館並みに広い訓練室で四人というスペースを余らせた結果につながったのだ。

「最初からやる気のないやつに無理やりやらしても役には立たねぇよ」

『然《しか》り。己《おの》が道を進まず、他者の言葉に従いわが身を進めるのは愚者の理《ことわり》よ』

「……」

沈黙してしまうスエラさんには申しわけないが、正直言えばこの二人の言っていることにおれは賛成だ。

仕事もそうだ。嫌な仕事を続けられる人間なんて、プライドを持っているか、根性が据わっているか、頭のおかしいやつだけだ。大多数は長続きしない。

そんな状態でこのプロジェクト大丈夫なのか、と不安に思うが、平社員であるおれには関係ないことだ。

そんなことより――

「……手加減できるんですよね？」

「おう！」

『可能なかぎりはのぅ』

明らかに格上、しかも確実にスエラさんより数段は上の存在相手に訓練しないといけないという現実のほうが、不安で仕方ない。

おもに生き残れるかどうかで。

加えて、今朝からの保険騒動で不安はさらに倍だ。

さっきの質問も、どうせなら被害を拡散したいという道連れ根性でした質問だ。

戦士はすばらしいとか、高貴な精神とか、持ち合わせていない。

要は、生き残れるかどうかの話だ。

「……うし」

「お？」

『ほう』

「全力で手加減お願いします！」

「ガハハハハハ！　すなおなやつは嫌いじゃないぜ！」

『ふむ、己《おのれ》の実力を知る者は生き残れるからのぉ』

「あと、何かあったら回復お願いします!!」

「え、ええ、任せてください」

だが、考えようによってはチャンスだ。

ほかのメンバーは集団で教えられて、こっちはマンツーマンどころか教師役が三人もいる。

訓練の質としては確実にこっちが上だ。年をくっているぶん、成長も遅いおれにとってはチャンスなんだ。あと、まだ楽しいと思える職場なんだ、手放してたまるか。

気合を入れれば、なんとかなる、多分。

ポジティブに考え、不安を払拭するように防具をつけた状態で九十度、しっかり腰を曲げて頭を下げたのは、わりと切実な願いだったからだ。

「それじゃぁ、あんちゃん、はじめるぞ！」

「はい、って、チャンバラブレード？」

キオさまですと、攻撃力を下げないといけないので、これならと思いまして」

「スエラさん、さすが、仕事のできるダークエルフ」

キオ教官の持つのは青色の見るからにやわらかそうなスポンジの剣。

どこから見てもファンタジー要素はなく、風船割りゲームや子供同士のお遊びで使うような武器のはずなのに、不思議だ。その手の道の人でも裸足《はだし》で逃げ出しそうな強面鬼ヤクザが持つと、それが金棒に見えてしまう。

ちらりと、もしやと思って、もう一人の髑髏紳士であるフシオ教官を見てみると、そちらもまた、スイッチを押すとなにやら場にそぐわない明るい音が流れる玩具《おもちゃ》のステッキを見せてきた。遊び心があるのだろうが、そちらもそちらで、魔杖とか呪いの杖に見えてしまう。

スポンジでできた武器を構えるキオ教官に、玩具のステッキを構えるフシオ教官。こっちは鉄芯入りの木刀を構える。絵面的に見ればかなりシュールな光景だろう。

武器の差的に言えば、文字どおり玩具の剣と真剣ぐらいの差はあるはずだ。

その差を作ってくれたスエラさんには感謝の念が絶えない。

「コテェェェェェェ！！！」

スエラさんの合図と同時に、守りに入ってはダメだと思い、先手必勝で踏みこんで、キオ教官のだらりと下がった手元を狙う。武器の差も相まっての行動だった。

「もちっと考えろや、あんちゃん」

「あ？」

だが、気づけば口の中に血の味が広がっていた。

「やべ、加減間違えたか？」

「次郎さん！」

天井がチカチカする。

声が遠くに聞こえる。

あと、寒い……いったい何が……。

『ほれ、若いの気をしっかりもたんか』

「ガフ！」

『カカカカ、気つけじゃ。ダークエルフの、早く治してやらんとコヤツが死ぬぞ？』

「やっています！」

遠くに聞こえる声を聞きながら、目の前が真っ暗になる。

　だが真っ暗になったと思ったら、いきなり体がしびれて体が弾み、次にお腹のあたりが暖かくなって、しだいに体の感覚が戻ってくる。

「は！」

「次郎さん！　無事ですか⁉」

「おれは？」

「すまん、すまん、手加減間違えた」

『要は、一撃で死にかけたのう』

「マジか⁉」

　どうやらマジのようだ。くっきりとチャンバラブレードの跡が胴に残っていた。

「それってチャンバラブレードですよね？」

「おう！」

　いや、元気よく見せられても、死にかけた凶器がチャンバラブレードって笑い話にはなるだろうが、少なくとも当人であるおれはまったく笑えない。それに、こっちは胴がへこんでいるのに、チャンバラブレードは欠片《かけら》も傷んでない。

「どうやって？」

「あ？　打ちどころが悪かったか？」

「いや普通気になりますよね？　そんなモノでこんな跡ができるって」

『カカカカ、普通なら死にかけたほうを問い詰めるはずなのじゃがのぅ』

「あ」

確かにそうだ。

本当だったら、殺す気か！　なんて喚き散らして、あとは傷心して部屋に引きこもってしまってもおかしくはないはずだ。なのにおれは、事後ではなく、その原因のほうを気にしている。

しかし、おれにはそういう態度をとってしまう心当たりがあった。

「あ〜、なんとなくその理由に心当たりが」

「お？　なんだなんだ、おまえ意外とこっちの経験も豊富なのか？」

『ほう？　こちらの世界は平和と聞く。珍しいのぅ』

こっちとは、おそらく戦いとか喧嘩とか、ファンタジーなら果し合いとかだろうか。

「いえ、単に仕事で忙殺されすぎて、死にかけることはなんどもあったので、慣れてしまったんだろうなぁって」

過去の最高記録は四徹、四日連続徹夜して、倒れるように机で寝た記憶がある。むしろ寝るまぎわはもう起きてこれないんじゃないかと思ったほどだ。

しかもそれが一回や二回じゃなくて、両手で足りないくらいの回数はこなしている。

だから死にかけたことに対する疑問とか恐怖は薄くなっていて、代わりに生き残ったからには次回はそんなことが起きないように、原因を探り対策をしようと心がけるようになってしまった。

「嫌な職業病だなぁ」

「いや、いい職業病だと思うぜ？」

『然《しか》り、実にこの仕事向きの病《やまい》よのう』

人としては終わっている感があるのだが、二人からすれば都合がいいのだろう。

『生への執着は人並み。されど生き残るための対策は人並み以上。要は生き残れば、次に活かせる。ほれ、都合がいいじゃろう？』

要は生き残れば、次は成長できる。慢心を抱きにくい体質というわけだ。

「まったくありがたみのない都合のよさだなぁ」

だが、そんな体質になってしまったのは、前職で経験したデスマーチの結果だと思うと正直納得がいかない。

これが修行の成果だったり、激闘の末の結果であったりであれば、まだファンタジー的な要素があって少しは浮かれることができるのだろう。だが、ただでさえ死に対して恐怖心が薄いマイナス方面の耐性に加えて、そんな耐性がついた理由が、連続の徹夜が原因とかファンタジーに喧嘩売っているとしか思えない。

「それで、あんちゃん続けるか？」

『仮にも死にかけたのじゃ。今日は別に終わっても構わんぞ？』

気遣う素振りを見せる二人に、黙って見守るスエラさん。

「いや、そんな目をされたら、やめるとか言えないでしょう」

口と目が嚙み合っていないとはこのことか。この二人、口では気遣い、目では挑発する。さすがにスエラさんは心配してくれているが、おれの意思を尊重してくれているといった感じだ。

「もう一本お願いします」

「よく言った！」

『カカカ、若いのう』

いえ若くはないんですが、この人たちから見ればおれは若く見えるのだろうか？

「そういえば、さっきの力加減ってどれくらいだったんですか？」

「あ？　羽虫をつまむ感じか？」

それ、羽虫にとっては致命傷です。

『次はそっと触れる感じの力加減かのう？』

「ったく、早く強くなっておれが全力で殴っても大丈夫なようになってくれよ」

だらしなく歩いていくキオ教官。そっと離れていき、足音を立てず一定の距離をとるフシオ教官。構えはしないが、準備が完了したようだ。

「それって、人をやめないと不可能な気がします」

立ち上がりながら言った言葉は、ならやればいいという挑発的な笑みで返された。

ああやってやる。

そっと、静かに離れるスエラさんを感じながら、頭を振って意識をはっきりさせる。

どうやったらそんな領域にたどり着けるのか、五里霧中、手探り状態で強さを求めるとはこんな感じになるのだろうか。

無理だろう、と思う反面、なりたい！　という願望が奥底でくすぶっている。

その感情は、すごく心地よく感じた。

「すぅぅ」

深く息を吸い――

「**キエェェェェェェイイイイイイイ！！！**」

――吐き出すように点火させる。

「おうおう、吼《ほ》えるな、あんちゃん、いい気合だ」

『カカカカ、心地よし心地よし、生とはこうあるべし』

構えているのに打ちこめない。

だからどうした。

「**メェエェイイイイイイイイイイン！！！**」

今は挑むだけだ！

Another Side

『どうじゃった鬼王よ』

「悪くねぇな、不死王」

「でしたら、もう少し手加減をしてください。なんど止めようと思ったことか」

「何言ってやがる。しっかりと手加減したぞ」

『然《しか》り然り。でなければこんなにはっきりと形が残り、生きているわけがない』

「だよなぁ。こんな武器でも、人間くらいなら血すら残さず消し飛ばせるぜ」

『カカカ、まぁワシならそもそも姿を見せる前に消し飛ばすわい』

「ああ！　この将軍さまたちが何もしないと暇だから手伝うと昨日言った時から、嫌な予感はしていましたが、やりすぎです！」

大の字になって倒れている次郎さん。

当然ながらそこに意識はない。

左手は肘のところからありえない方向に曲がり、その防具は面など原型が残っていない。

胴にいたっては粉々になっていて、剣道着を脱がした体など、見るも無残なことになっている。

正直、生きるか死ぬかの瀬戸際とはこのことを言うのではないだろうか。

前にわたしと次郎さんの実力差を翼竜《ワイバーン》と赤子でたとえたが、将軍クラスになると龍と羽虫ほどの差は開いてしまう。その戦力差で確かに人の形を保っているのは奇跡というか、しっかり加減してくれているということなのだろう。

しかし、魔王軍七将軍配下の中でも上から数えたほうが早い地位にいるわたしだから、治療が間に合っているといっていいのも事実。加えて、魔法薬も併用して障害が残らないようにできるのが幸いだ。

「魔法薬もただじゃないんですよ！　それに、ここまでの魔力適性を持った人材をつぶすなんてありえません!!」

「蝶よ花よと育てても、いい人材が育つわけがねぇんだよ。それに、こいつ最後のほうは楽しんでいたぜ？」

『カカカカ、誠に奇怪よのぅ。痛みで体など動くわけがないのに、最後は生存本能で動いておったわ。殺されぬと頭では理解していても、本能ではワシらの存在が命を危機に至らす。そう感じていたから動きを止めんかった』

「……」

そうだ、次郎さんは倒れる直前に満足そうに言っていた。

「ああ、おれは生きている」

心の底から吐き出したようなつぶやき。まるでここまでの人生が生きていなかったと言わんばかりの言葉に、思わず駆け寄る足を止めてしまった。

「伸びるぜぇ、こいつは」

『ほんに、楽しみよのう』

「次郎さん、本当に生きていてよかった」

今日だけで何回、彼は死にかけただろうか。骨折だけで言うなら片手では足りない。

最初はのたうちまわっていたけど、数回経験すると、叫ばずに骨折した場所を抑えてうずくまり、さらに回数を重ねると、今度は怪我した場所を抑えながら後ろへと下がるようになった。

驚くべき進歩だ。

痛みを克服するわけではなく、どうすればリスクを回避できるか、もしくはリスクを最小限に抑えられるか、それを実行してみせた。

治療が終わって寝息も穏やかになった彼の顔を見て、つい彼の頬に手を添えてしまった。

「おお」

『カカカカカ』

「っ⁉」

「見たか？　不死王」

『しかと見た、鬼王』

「あの晩婚種族のダークエルフの嬢ちゃんに春か」

『カカカ、いついかなる年でも春とは心地よいものであろうて』

「『で？　どこが気に入った？』」

「知りません‼」

ニヤニヤとわたしを見下ろす将軍二人に、とっさに叫び返してしまった。

今のわたしの顔は絶対に赤くなっている。

なぜこんな態度をとってしまったかもわからないが、不思議と、自然に手が伸びてしまったのだから仕方ない。

「いいぜ、言わなくても。このあとは樹王のやつと飲みに行けばいいだけだからなぁ」

『カカカカ、良き酒の肴《さかな》になってくれるだろうよ』

「趣味が悪いですよ！」

「『なにせ魔王軍だからな！』」

それからは、あまり思い出したくない。

さんざんからかわれて、結局解放されたのは、次郎さんが目覚めてからなのだから。

Another Side END

「おぉおぉぉぉぉぉお、体じゅうが痛え」

ベッドの上で悶《もだ》えながら、ところどころ記憶が飛んだ一日を振り返り、うつ伏せで筋肉痛に耐える。

どちらかといえば成長痛に近いかもしれないが、結局は全身が痛いことに変わりはない。

「マジであの内容だと、保険内容を見なおしておいてよかったぞ」

心底やってよかったと、朝の苦労を体全体の痛みとともに感じながら、湿布のような貼り薬が何かを治しているような感じに癒《いや》される。

うつ伏せから仰向けになる。

片手には端末を握りしめ、例のアプリを起動すると、すでに診断終了の文字が浮かび上がっている。

「おいおいおいおいおいおい、耐久値の伸び幅がヤバイ」

そしてその内容に啞然とする。

明らかに格上と戦った結果だろうし、今日の訓練はキツイを通り越して地獄だった。

ならばこの結果も当然だろうと言える。

しかし、同じことをやれと言われれば嫌だと明言できる。

打撲程度では治療魔法は使われず、骨折してもすぐに治療して再開、そしてひどいことに決して血は流されない。なので貧血とかも起こさなかった。

訓練という身になる午後であったが、同時に嬲《なぶ》りものにされていたような気もする一日だった。

「持久力と器用が次点で上がっていて、力がそのあと、敏捷と魔力、それと知識は雀の涙、運にいたっては変動なし」

訓練の内容から考えると当たり前の結果なのだが。

「このままだと、肉壁一直線だな」

折を見て反撃をしているが、それでも圧倒的に防御のほうが比率的に高い。

このままでいいのかと自問自答すれば、よくはないと結論が出る。

ならばどうするべきかと考えるが、答えなんてすぐに出る。

「自主練しかないよなぁ」

懐かしい、と高校時代のトレーニングメニューを思い出す。

とりあえず前衛をするにあたって、足りないのは敏捷と力だ。運とか魔力はどうすれば上がるなんて今のところわからない。

「明日になれば痛みも引くってスエラさんも言っていたし、ここはとりあえず、寝るか」

考えても仕方ない。できることをやるしかないと結論を出した。

とりあえず明日は早起きすると誓って、携帯電話のアラームをセットして布団にくるまる。

最後にちらりと、部屋の片隅に置かれたボロボロの剣道防具の代わりに支給された戦士の装備を見て眠りにつく。

田中次郎　二十八歳　独身　彼女なし
職　業　ダンジョンテスター（正社員）
魔力適性　八（将軍クラス）
役　職　戦士
ステータス
力　25　↓　力　39
耐久　30　↓　耐久　58
敏捷　17　↓　敏捷　20
持久力　19（マイナス5）　↓　持久力　34（マイナス5）
器用　21　↓　器用　36
知識　31　↓　知識　33

直感　6　↓　直感　7
運　5　↓　運　5
魔力　40　↓　魔力　41
状　態　ニコチン中毒
肺汚染（中）

今日のひとこと
保険ってすごく重要だと実感した一日でした。

4　ファンタジーの世界でも、人間関係の善し悪しは存在する

よく生き残ったおれ。

ここ一週間のキオ教官とフシオ教官の研修時の姿は、正しく二人は鬼であり悪魔だった。

そんな二人が担当する午後の訓練は、まさしく午前の講義が安らぎだと思えるほど過酷であった。

着実に上昇したステータスのおかげで骨折自体回数は減ったが、それに反比例するかのように吹っ飛ばされ、宙を舞い、壁に打ちつけられる回数は増えた。

支給された防具は、剣道防具の形状に近いおかげで使い心地に違和感がなく、加えて動きやすさと防御能力は上がったおかげで、怪我も減った。

だが、攻撃を受ける回数は確実に前よりも増えていた。

今のおれならプロボクサーに全力で殴られてもよろける程度に抑えられるかもしれないが、そんなものは焼け石に水だ。

わずかに力量の差が縮まっても、羽虫からバッタに進化した程度の差しか埋まらず、せ

いぜい教官たちの手加減が楽になったぐらいの差しか生まれなかった。

「おうおうおう、粘れ粘れ粘れ。そうすればおまえは生き残れるぞ！ ハハハハッハ！」

『カカカカ、余裕ができてきたのう。ほれ重力魔法《グラビティ》じゃ、ほれ麻痺魔法《パラライズ》じゃ、おまけもいるかのう？』

気を失っているあいだの悪夢にまで出てくるほどの凶悪な笑みを浮かべて訓練を施す二人を見て、この二人絶対楽しんでやがる、と確信に至るまでに、時間などほとんど必要なかった。

新しいおもちゃを手に入れた子供のように楽しみながら、おれが成長したら、向こうもギアを上げて常にベストな苦しめ具合を維持してくれる。

「しっかりしてください！ 傷は浅いです！ 目を閉じないでください!! 安心してください！ 治療薬は全部あのかたがたの給料から引き落しますから！ だから目を閉じないでください!! 死にますよ!?」

もうゴールしてもいいよね、と思った回数は数知れず。地獄絵図、もしくは苦行という言葉がぴったりな新人研修。唯一の癒《いや》しであるスエラさんの暖かな治癒魔法《ヒール》がなかったら、とっくの昔に逃げ出していたかもしれない。

スエラさんはなぜかおれよりも焦っているのが常であった。そんなにおれの状況がやばかったのだろうか？

蛇足ではあるが、たまに思ったよりも怪我《ダメージ》がひどいときは、膝枕してくれるんだ、あの人。その時間こそが至福だと言っても過言ではない。

その時のおれは下心を抱けないほど死にかけているがな。

そうして死にかける以外はつつがなく過ごしていると答えられれば問題はないのだが、人当たりにあまり自信のないおれは、ここ最近悩みごとがある。

午前の講義、すでに定位置が確定した後ろのほうの席にすわって、授業が始まるまで資料に目を通しているおれの耳に自然と入ってくる声。

「ほら、あの人だよ」

「へぇ、落ちこぼれの？」

「そうそう、毎回毎回、訓練でボロボロになっているみたいよ」

「あんな訓練でズタボロになるなんて、魔力適性がギリギリって噂、本当だったんだ」

「この前なんて、医療室に救急搬送されていたな」

「どうやったらそんな怪我できるんだよ」

ええ、タダでさえジェネレーションギャップで会話が成立しにくいのに、加えて毎回毎回ズタボロにされたせいで、おれは気づけば落ちこぼれ扱いされていた。

おかげで、今ではおれのほうへ向ける視線の大半は、見下すようにあざ笑うか、気の毒そうにみる哀れみだけだ。孤独感が半端ない。

それもそのはずだ。

スエラさんや、教官たちに話を聞くかぎり、ほかの研修はまずおれみたいに怪我をすることがないらしい。まるでどこかの魔法学校のように技を教え、的に打ってと、手取り足取り教えている。

その教育方針を聞いたとき、思わずなぜ!? と教官たちに言った。

その返答は――

「バカ野郎、そんな生ぬるい方法で攻略される代物をおれが作るかってんだ」

『カカカカ、次郎が絶望を所望するなら、ワシは別に構わんがのう』

――ということらしい。

単純に教育方針の差らしい。

キオ教官たちは即戦力、ほかの職種ではゆっくりとした教育方針となっている。

部署によって目的は一緒でも教育方法は違うようなものかと、ボロボロで思考がまとまっていない状態のおれはそう思うことにした。

どちらの教育方針も一長一短であるが、今回のようなケースがある場合は、将来的にはパーティを組まないとダンジョンの深層部へ行けないと考えているおれにとって、この状況は致命的だ。

ここでおれがコミュニケーション能力が高くて、もう少しおちゃらけられていたら、こんな空気も少しは改善できて仲間もできただろう。

だが、生憎と努力しているのに正当に評価されないというプライドが関わってしまう内容で、つい理不尽だと感じて、おれもおれで多少意固地になってしまっているぶん、そういう態度はおれには取れなかった。

心の内を表わせば――

「死にかけながら研修を受けているのに、おまえらに笑われるいわれはない」

――ということになる。

むしろそう声高々に言いたいが、そんなことを言っても社会的に〝なにこいつ〟のひとことで終わり、空気がより悪くなってしまう。

もちろん状況は悪いと思い、何回か改善しようと考えたが、口で言うよりも行動で示したほうが結果的にはいいという判断に落ち着いてしまっている。

おまけに――

「お～い、おっさん、ちょっと自販機に行ってくれね？　おれ、カフェオレで」

「おれ、お茶」

「コーヒー、ブラックで」

――社会という上下関係を完全になめきっている、明らかな年下相手にパシリにされそうになっている。

たいてい無視していれば、舌打ちひとつで離れていく。

今回もその手でいく。場がしらけるなんて知ったことじゃない。

こういう時は表情を変えず、淡々としているほうがいい。

ブラック企業で培《つちか》った、おれの無表情《ポーカーフェイス》をなめるな。一定容量は押さえこむ自信がある。

あとは午前の講義をやり過ごせばいいだけだ。

そう思って、午前の講義を真面目に過ごしていった。

「今日の午後の研修は、各職種合同で第一研修所で行なわれる。全員、場所を間違えないように」

だが、講義を終えたイケメンダークエルフの教官は、おれには無視できない爆弾を放り投げて講義室から出ていってしまった。

「どうする？」

頭を抱え考えこむ。

一難去ってまた一難とはこのことだろう。

いや、悩んでも仕方がない。

体調不良という言葉が頭によぎるが、すぐに考えを消す。

この会社では魔法薬という便利な薬がある。風邪で寝こんでも、あっというまに回復してしまうのだから、無駄にファンタジーはすごい。

よって仮病による欠席はできないし、無断欠勤などもってのほかだ。

「覚悟を決めるしかないか」

昔からおれはこういう集団行動が苦手なのだ。だが、たとえそれが己《おのれ》の行動で生まれた結果でなくても、生きていくには、時に我慢も必要だ。

「とりあえずは、昼飯かな」

腹が減っては何もできず、前の職場みたいに昼食十分という制限時間がないぶんマシだと思いながら、午後の予定に備えることにした。


「わたしはエヴィア、この会社の監督官だ」

大きくはないがしっかりと聞き取れ、冷めたような声が午後の研修の開始の合図だった。

「説明は一度だけだ。全員、私語をせずしっかりと聴け。今日はダンジョンの魔物と戦ってもらう」

爬虫類のような翼、そして揺れる先が尖り黒く細長い尻尾、側頭部に生えた折れ曲がった角、赤ワインのような紅の長髪をなびかせた悪魔の女性が話した内容は、髪の色に反して冷たく、少なくない動揺をおれたちに及ぼした。

「相手は鬼王将軍、不死王将軍、竜王将軍の配下から選抜した。すべてが最下級のソウルだ。こんなところでつまずくなよ？」

できて当たり前、暗にそう言われてしまった気がする。

「班編成は各自自由だ。個人でやるもよし。複数で当たるもよし。今回の研修はダンジョン内を想定した遭遇戦方式の研修だ。各自の判断に任せる」

淡々と事務的に書類すら見ずに中央に立つ姿は、よく言えば凜々《りり》しく見え、悪く言えば冷徹に見える。

「魔物が現われるのは開始から一時間、あいだに十分の休憩を挟み、それを三セットだ。その間《かん》、この施設からの脱出はできない。なに、安心しろ〝死には〟しない。危なかったらわたしの周りに集まれば結界で守ってやる」

緊張が走った空気が一転、安心させるような言葉で周りの空気は緩んだように感じた。

逆にそんな甘い香り漂う言葉に、悪魔らしさをおれは感じる。

種類の違いはあれど、あれはキオ教官やフシオ教官が騙す時の言葉に似ている。

さっきから一枚もめくられていないクリップボードの書類にも目がいってしまう。

暗記しているから見る必要がない。念のため用意した形式だけの書類という線もあったが、今回の訓練、キオ教官やフシオ教官どころか、スエラさん、そしてほかの職種の教官もいないのが気がかりだ。

「五分後に、研修を開始する。手早く準備をすませろ」

しかし、考える暇もないし、考えても答えは出ない。

準備するといっても組む相手もいないので、自分の装備である防具と木刀を確認するだけだ。

それでも五分は短い。ざっと防具にゆるみはないか確認するだけで時間は過ぎ去ってしまう。せめて警戒心は維持していこうと思い、同じ職種同士や中には別職種で組んでいる班を脇目に見る。

「魔法剣士ってやつか？」

その中で目につく班があった。

希望職種の中には存在しなかった、魔法使いのような格好をした男の手には、木刀ではなく片手で扱える真剣が握られていた。

魔法使いと剣士のハイブリッド、発想的にはありそうだが、彼以外にそういった装備は見当たらないということは、そこまで流行《はや》っているわけではなさそうだ。

万能になるか器用貧乏になるか、それはこのあとの研修でわかる。

その班は見たところ彼が前衛で、ほかに魔法使いと回復職のような女性が二人と、やや後衛よりの班だ。

それでもほかの班と比べたらマシだろう。

午前中におれをパシらせようとした男たちなど、魔法使い三人組だ。

まぁ、それでも唯一のソロであるおれよりはマシだろう。加えておれもおれでダンジョンの魔物と戦うのはこれが初めてだ。体は緊張しているのか、少し力んでしまっている。

「やれるところまでやってみるか」

だが幸いなのは、軽く深呼吸するだけで、一番適したテンションに戻すことができることだ。

伊達《だて》に研修で死にかけてはいない。

「そろそろ、時間か」

そして鬼のタイムスケジュールをこなしてきた体内時計は、わりと正確に時間を知らせてくれる。

もう一度深く深呼吸をして、意識を自分に向ける。周りばかり見るのではなく、自身も範囲に収め、集中して対処をしなくては、最初に脱落するのはおれだ。

「時間だ。これより研修を開始する」

冷静なエヴィア監督官のひとことで、世界の雰囲気が変わる。

「結界？」

「うっそ。発動とかわからなかった」

「事前に準備していたんじゃない？」

「それなら、納得できるわね」

違う。

魔法使いの集団からこぼれた言葉をとっさに否定する。

そのままちらりと監督官を見てしまう。

無詠唱のシングルアクション。瞬《まばた》きひとつでこの結界は展開された。

フシオ教官の動作になんとなく似た共通点を感じたゆえの判断だが、あながちはずれているとは思えない。

グギャギャギャギャ。

監督官の未知の実力に恐ろしさを感じるが、深く考えている時間はないようだ。

おれたちを取り囲むように、広い研修場の外周に展開された魔法陣から、薄汚れた緑色肌の小人たちが姿を表わした。

魔族というスエラさんや二人の教官、そしてエヴィア監督官と比べるのもおこがましいほど、知性の欠片《かけら》もなさそうな風貌、それが魔物だろう。

尖兵《せんぺい》という言葉が使えるかどうかも怪しい。

使い捨ての駒、そんな言葉が似合いそうな存在である小鬼《ゴブリン》が集団となっておれたちに襲いかかってきた。

「ファイアボール！」

「おらぁ！」

「ウインドカッタァ！」

「って、おい！」

そんなおれが気にすることといえば、いきなりのフレンドリィファイアから身を守ることだった。一桁どころか二桁の単位で飛び交う魔法から身を守るなんて、とっさにその場から飛び去り、伏せるしかなかった。

「おいおい、どこの戦場映画ですか、これ」

研修の成果が出た結果で、おれへのダメージはゼロ。すぐに着弾した方向に目を向ければ、数々の魔法が着弾して、見るも無残に消し飛ばされ魔力の粒子となっているゴブリンの姿が映る。

現代戦闘ここに極まれり。銃と魔法の差はあれど、名乗りをあげた武士をなぶり殺しにしたモンゴル兵の気分ってこんな感じなのか。

ゴブリンたちが魔法陣から出てくるたびに、ろくに近寄ることもできずにその場で消し飛ばされていく姿を呆然と見送る。

「雑魚《ざこ》ばっかりでつまんねぇ！」

「ふぅん？」

男の魔法使いはゴブリンを見下し、女の魔法使いは退屈そうに杖から魔法を放つ。

「おれ、必要なのか？」

前衛の役目は盾となること。それを真っ向から否定するような光景に、自分の存在意義を忘れそうになる。

「三時の方向！」

「反対のほう！」

「魔力が追いつかねぇよ⁉」

「ん？」

だが、その圧倒的な光景もだんだんと崩れていった。

「もしかして、ペース配分考えてなかった？」

だんだんと打ち漏らしが多くなっていく魔法使いたち。だんだんと魔法陣付近ではなく距離を詰め始めるゴブリン。そして打ち漏らせばそのぶん数が増えていく。

そういえば、ゴブリンって質より数を優先するタイプだったような気が……。

「短距離ランナーかよ！」

まだ始まって十分くらいしかたっていないというのに、魔法使いたちの呼吸は荒れ始めている。

そしておれの記憶を裏づけるように、ゴブリンたちは一方向からの襲撃だったのが、今度は二方向に分散され、数で襲いかかり始めた。

「今度は同時！」

「手ェまわせ！」

「わかってるわよ！」

混乱し始めている。仕事のやりくりができていないと、よく見る光景だ。

仕事の優先順位も考えず、ただひたすら目の前のことをやり続けると、先（後）が見えなくなる。ほかに弓矢など使う後衛も矢を射っているが、それでもうち漏らしは増え続ける。

「っち！　三時の方向をどうにかしろ！」

このままではまずいと思ったおれは、叫びながら起き上がり駆け出す。

「すぅ」

魔法使いとゴブリンたちのあいだに割りこみ、木刀を構え、息を吸いこむ。

「**キエエエエエエエイイイイイイイイ！！！**」

猿叫《えんきよう》——生物的本能を刺激するおれの叫びを聞いた空間は、まるでその場だけ停止したかのように、静寂を発生させた。

「おい！　おまえら止まるな！」

そう、敵だけではなく、味方までもが止まってしまったのだ。

「っクソ、このスキル、善し悪しありすぎだろ！」

とりあえず、嫌いな相手とも仕事なら一緒にこなさねば、という精神で声をかけたが、はっきり言って背中を預けるには不安が残る。

「メエエツイイン！！！」

それでも、倒さなければいけない。

「手応え薄いな！　おい！」

普段ならあっさりかわされるか、簡単に受けられるかどちらかしかなかったおれは、直撃という感触に思わず驚いてしまった。おかげで、生物を叩くという感触に嫌悪感を抱く暇もなかった。

「コテイメエン！！！」

次と考えるよりも先に、体は向きを変えて一番近いゴブリンに向かって駆け出していた。しっかりと錆びています、と宣言する短剣を持ったゴブリンの手を思いっきり叩いた反動で左頭頂部を叩くと、あっさり魔力に戻ってしまう。

これが最弱。そう思うとどうにかなるような気がするが……。

「根比べってところか？」

猿叫のおかげか、おれの近場にいたゴブリンたちは、おれをしっかりと敵と認めていた。その数、Gにも勝《まさ》る。次から次へと魔法陣から出てくる光景は悪夢としか言いようがない。

ひと振りで倒せる。そして地獄の日々を送ってきたぶんの持久力は兼ね備えている。三時間くらいはどうにかしたいところだ。

もし仮に途中脱落をしたら――

「『情けない！　再研修だ!!』」

――悪夢が待っているような気がする。

背筋に鋭い冷たさが走り手に力がこもる。

「負ける気がしねぇなぁ！」

自棄《やけ》になっている気もするが、それぐらい発破をかけないと、あの二人の悪魔のような

（実際、鬼と骨だが）笑みを払いのけられない。

「**ドゥオォォォォォォォォォォォ！！！！！**」

ひと振りで三体のゴブリンを払いのける。

宙を舞ったやつらにおれの過去の姿を重ねながら、開戦の狼煙《のろし》を上げた。

Another　Side

「おうおう、不死王、次郎のやつ張り切っているなぁ」

『カカカカ、然《しか》り然り、踏ん張りどころをしっかり理解しておるのぉ』

「最初の魔法には肝《きも》を冷やしました」

モニタールーム、大画面に全体の様子が映され、左右の六つのモニターが各方面の詳細を映し出している。

中間報告会——これは、各教官が、研修の途中経過を報告するための集会だ。

鬼王将軍や不死王将軍のほかに、今回の研修に参加している将軍の姿も見える。

「ですが、次郎さんはよくやっています。ゴブリンといえ単独で軍勢を押さえこんでいますね」

「それくらいやんねぇとな」

『カカカカ、二段階目のわが軍勢に対して、どのように動くか楽しみだのう』

一方面、というより研修場の半面をまばらに動きまわるゴブリンたちの終着点は、次郎さんの周りだ。

彼のスキルは威圧と同時に挑発も兼ねている。それを利用してゴブリンたちの意識を自身に集めて、彼自身はその場を中心としてやってくるゴブリンたちを迎え撃っている。

呼吸を乱さず、できるだけ落ち着こうと配慮し、拙《つたな》いながらも全体を見ようとしている行動は、教えてきた立場としては結果が出てきて嬉しいと感じる。

それゆえに、同じく教育してきた立場の鬼王将軍と不死王将軍の機嫌はいい。

だが、ちらりと反対方向でモニターを眺めていたわたしと似た姿のおかたを鬼王将軍が見ると、さっきまでの機嫌の良さは消えてしまった。

「しかし、おい樹王、おまえ、どんな教育してるんだよ？」

「言いわけはしません。わたしの不手ぎわでしょう」

『鬼王よ、質を取れたワシらじゃが、量を押しつけられた樹王を攻めるのも筋違いじゃろうて』

「不死王よ、配慮は感謝いたしますが、この場では結果がすべて。配下には徹底していますが、教育が不十分なのは事実でしょう」

月の化身、白銀というよりは白く輝く純白の長髪を足元まで伸ばし、地球で言う着物に近い格好をした同じダークエルフとは思えないほどの存在は、こちらを見ようともせず、ただただ、モニターを眺めていた。

「樹王さま……」

「スエラ、あなたはわたしを非難できる立場にいるのです。己が育てた存在を誇りなさい。わたしから見ても、ぶざまなのはわが教え子。あなたの教え子は立派な戦士になっていますす」

モニターを見れば、まだ最初の一時間にもかかわらず、魔法使いと回復職の三割はエヴィアさまの結界内に避難してしまっている。

通知はしていないが、結界内に避難――それはすなわち、今回の研修のリタイアだ。

当然その結果は、評価に響く。

る。

研修参加者の総勢は五十八人、そのうちの三割が減った計算だ。

それも魔法使いや回復職がメインで減ったせいで、面での制圧能力はぐっと下がってい
その結果が、前衛一人で最下級とはいえ全軍勢を相手取っているありえない現状だ。

「せめて一人でも魔法使いが次郎さんの援護にまわってくれれば」

『カカカカ、それは無理じゃろうて。次郎と同等に働いておるのは、もうひとつの面を支えておる三人組、それも魔法使いじゃしな。周りが見えてない現状では、仲間意識が働いて、同じ魔法使いのほうに力を貸すのは自然なことよ』

「このまいくと、三段階目までもたねぇか？」

『じゃろうな。二段階目で同じ光景が繰り返されれば、いかにわれらが鍛え、体力面が優れていても、所詮は人間、軍勢をそう長々と一人でおさえこめるとは思えんよ』

「いや、そうともかぎらないかもしれないよ？」

「「『!?』」」

覚えのある突然の気配に、わたしを含め将軍たちもとっさに膝をついてしまう。

「ああ、気にしない気にしない。結果が待ち遠しくて、ついつい来ちゃっただけだから」

『承知しました、魔王さま』

将軍たちは立ち上がるが、わたしにはとうていできそうにない。いまだ頭を垂れ、膝を

ついている。

それでも、ご尊顔を見たことはある。

金髪紅目、穏やかな表情の好青年。一見ただの人間にしか見えないが、魔力を扱うことに長けたダークエルフだからこそ気づける部分もある。

見ずに感じてしまう莫大な魔力。そのさわりである表面だけだというのに、それだけでもかなりの量の魔力を圧縮した状態で保持しているとわかってしまう。

「きみが採用したんだっけ、彼？」

「っは！　そのとおりです」

「うん、いい人材を確保したみたいだね。エヴィアも喜んでいるみたいだ」

『して、魔王さま、あやつ、次郎めが持ちこたえると判断した理由は？』

「ん？　勘、いやそれも違うな。恐怖からくる生存本能かな、ノーライフ」

楽しそうに会話をする魔王さまと不死王さまの会話を、わたしはただただ聞いていることしかできない。

「恐怖ですかい？　大将」

「ははははは、よほどきみたちの訓練が堪《こた》えたらしいね。これぐらいはやってみせろと脅す、きみたちの影に怯えながら、必死に立ちまわっているだけだよ」

和《なご》やかに会話をしているように聞こえるが、その実、声にすら魔力が乗った意志がわたしに教えてくれている。おもしろいと。

魔王さまは非常にカリスマに富んだおかただ。

この気安い口調でも、わたしでは手も足も出ないような将軍たちを魔王さまは片手で統《す》べてしまう。

「生存本能を馬鹿にしちゃいけないよ、ノーライフ、きみは生命の枷《かせ》から解き放たれたから、あまり感じないかもしれないけどね。ライドウ、きみならわかるんじゃないかな?」

「かもしれません」

『奥深し、奥深し、人の生命力よのぅ』

「まぁ、それだけじゃなくても、こんなふうに叫ぶ人間がそう簡単に脱落するとも思えないよ」

風魔法——高密度の魔力を感じ取ってわかったのは属性だけだ。

『脱落したら地獄! 根性入れろやおれェェェェェェェ!! コテェイヤァァァァァアアァ!!!』

そこから聞こえる次郎さんの声——

「大将、エヴィアが泣きますぜ?」

『カカカカ、このようにあっさりと結界を気づかず突破できるのは、魔王さまだけじゃろうて』

「エヴィアには同情しますが、より研鑽するための目標になるでしょう」

将軍たちは口々に別なことを言うが、どこか納得し、頷いているように感じる。

『死にかけたことを無駄にするな！　殺られる前にヤレ！！！　ミエェヌゥ！！！！』

かくいうわたしも生命力にあふれた、いや、生にすがりつこうとしている次郎さんの声を聞いてしまって、つい口元が緩んでしまった。

「ね？　こんなふうに必死になっている人間が脱落するかな？」

「精神論はあまり好みませんが、ありうるかと」

「ま、生き残ったら少し加減をしてやりますわ」

『然り、されど生き残れなかったら望みどおりにしてやろうて』

次郎さん、応援しかできない不甲斐ないわたしを許してください。

『キエエエエィィィィィィィィ！！！』

Another　Side　END

「死ぬ、いや、死んだ、もう無理、動けねぇ」

途中休憩を挟んだとしてもぶっ続けで三時間戦い続けて、体力などとっくの昔に尽きて気力で戦っていたが、それも終了というか、魔物がいなくなった瞬間に尽きた。

るわけがない。

外聞なんて気にしていられない、今はただ大の字に床に転がり回復するしかない。

小鬼《ゴブリン》に始まり骨戦士《スケルトン》、小亜龍《レッサーミニドラゴン》と続いた地獄は、いま終わった。倒した数なんてわかるわけがない。

それだけの数を倒した。

「ぜってぇ、あいつらとは、パーティ組まねぇ」

そして、そんなことになったのはずっと一人で戦っていたからで、八つ当たりに近いかもしれないが、こういった不平不満はこぼれてしまう。

大の字になって休んでいるはずなのに、指ひとつ動かすのも億劫になるほど、おれの体は疲れきっている。

それでも頭はまわるものだ。

さっきまでの研修を思い返すのは、鮮明すぎる体験を追憶しているだけかもしれない。

最初のゴブリンはまだマシだった。背後はおれ以外が守っているつもりがなくても守っていてくれたのだから、一定の方向に気をかけるだけですんだ。

おかしいと感じたのは、二段階目のスケルトンの後半だ。

いつ崩壊してもおかしくないほど、おれ以外のメンバーは混乱していた。

闇雲に正面の敵を蹴散らす魔法使い、矢が尽きたらすぐに結界の中に引っこんだ弓師、自分はただただまわりに守ってもらうばかりで近場の怪我人の治療しかしない回復職、ひたすら逃げまわっている盗賊……実戦経験がない現代人からしてみれば当たり前の結果といえばそれまでだ。

おれたちは軍隊ではない。

ゴブリンの数で体力を削られ、スケルトンには人間がやるみたいな技を使われて神経を削られる。終《しま》いにレッサーミニドラゴン――コモドオオトカゲに近い存在は、仮にもドラゴンの名を冠するだけあって、スペックは前者二種に比べて高かった。

おかげで最後は大混乱。大半は結界内に逃げこみ、最後まで生き残っていたメンバーなど、おれを除いて十人もいない。

とやかく言うおれだって、最後のほうなんて、必死に逃げまわりながら攻撃を繰り返すゲリラ戦法で戦っていた。

これまでコミュニケーションなんてとっていなかったから、とっさの連携なんてできなかったし、デタラメに撃ちまくる魔法使いの救援なんて考えたくもなかった。

段階を踏むごとに、数こそだんだんと減っていたのが幸いだったが、地味に対応できるギリギリの範囲で質はだんだんと上がっていく、泣きたくなるほどスパルタな研修だった。

ゴブリンを倒すのはひと振りだったが、スケルトンは最低ふた振り、レッサーミニドラゴンにいたっては打撃の効果が薄いせいか、数体しか倒せなかった。

これがダンジョン、おそるべしファンタジー、そしてこれを鼻歌まじりで攻略できる勇者、おまえ人間か。

「ご苦労、今日の研修はこれまで。各自解散しろ」

そして、悪魔監督官は容赦がない。

回想しながら体力の回復をはかっていたが、最初のほうに結界に入っていたやつなどすでに帰り始めていて、それに合わせるように疲れきっているおれにも帰れと言う。

口ではお疲れさまと言っているが、目ではさっさと移動しろとおれに訴えかけている。

いや、おれもこのままだらけるつもりは皆目ないが、せめてもう十分くらいは……。

「それとこれは希望制だが、ここに残るなら、追加研修の意思ありと見る」

よし、すぐに立ち上がり帰ります。

体力は回復していないが、気力はなんとか回復した。這ってでもこの研修場から脱出してやる。

木刀を杖代わりにして、研修場を脱出する。

「ねぇ、あの人」

「ああ、スキルでおれたちのこと〝妨害〟してた」

「〝目立ち〟たがりの?」

「あんな〝奇声〟出して、恥ずかしくないのかよ」

「いるよねぇ、ああやって独りよがりの理想家」

頼むから、こう、気が弱っている時に、こんなものは聞きたくはなかった。

ガリガリと気力が削られていくのがわかる。

もういっそ自棄になって、もう一回研修受けようかと思ってしまう。

すぐにダウンするのは目に見えている。

それでもいいかと思う。

黙って出ていかず、まるで置き土産のようにおれの悪口を残していき、そそくさと立ち去っていく姿を見て、こんなやつらと一緒に終わっていいのか、と自分に疑問を持ってしまう。

「一緒は嫌だな」

結論はわりとすぐに出て、その答えはおれの胸の内にすとんとハマりこんだ。

他人から見たら、さっきのおれの戦いかたは独りよがりの身勝手かもしれないが、それで〝注意〟を受けるならまだしも、〝否定〟されるいわれはない。

「エヴィア監督官」

「なんだ?」

「追加研修、お願いしてもいいですか?」

おれの周りに、いや研修場には、もうおれとエヴィア監督官しかいない。

「……いいだろう、追加で2セット研修を実施する」

一分でも十秒でもいい、あいつらと差を開きたい。

あいつらと一緒に扱われるのが嫌だ。

そんな自棄になった行動だが、後悔はしていない。

「対複数戦の状態は見た。次は、対単体戦を見せてもらう」

無駄な力はもう使えない。木刀を持ち上げるのも億劫だ。

研修中と同じ魔法陣から発光し、そこから巨体が現われる。

「豚鬼《オーク》だ。さっき戦ったゴブリンとは比べものにはならんが、知性のない下級であることには変わらん、何かあれば助太刀には入るが、せいぜい気を張れ」

身体の大きさは上も横もおれよりも上だ。角の代わりに立派な牙を備えた豚面《ぶたづら》の鬼は、おれの身体ほどの棍棒をたずさえて、その体の重さを表わすように重い足音とともに歩いてくる。

グオォォォォォォォ！

「ああ、ったく、負ける気がしねぇぜ!!」

自分へ活を入れる言葉とともに、雄叫びを上げて棍棒を引きずってくるオークを迎え撃つ。力まかせに振り下ろされる棍棒をかわさず、八つ当たり気味に、鬱憤《うっぷん》を晴らすように打ち返す。

「ほう」

感心されるような言葉など流せ。今はちょうどいい鬱憤を晴らせる相手が目の前にいるのだ。よそ見してその機会を逃すな。

最小限の力で中段に木刀を構え、そして肺と腹に吸いこみながら力を入れて加減などせず吐き出す。

「**キイエェイイイイイイイイ！！！**」

怯えた。ああ、目の前のやつはおれを怖れた。はっきりとわかるほど、一歩あとずさったのだ。

体の大きさに見合わない力の打ち払いで棍棒をはねのけたと思ったら、わけのわからない奇声を上げるのだ。

怯えても無理はないが、今は気にしない。

「スゥ」

すっと、攻防バランスのいい中段の構えから攻撃優先の上段の構えに変える。

今、おれはただ、八つ当たりをしたいだけなのだから。

「**メエエエエイエン！！！**」

打ち下ろし、打ち下ろし、打ち下ろし、喉が嗄《か》れてもいい、多少打たれても気にするな、反撃させる暇を与えるな。棍棒で防御にまわった相手を崩すつもりで打ち続ける。

「**ドォルオォォォォォォォォオ！！！**」

そしてわずかに棍棒がずれた隙間から打ちこみ、体を殴った感触は柔らかく、脂肪の鎧にはばまれて打撃の衝撃が吸収された。

ニタリとこの程度の攻撃なら平気と思われた。

「コテェイイ！！！」

それが、すごく癪《しゃく》に障る。

抜き胴の要領で背後にまわり、オークが振り向くのに合わせて振り下ろした木刀、こいつの手首を折る！　と意志をつぎこみ、確かな感触とともに、骨を砕いた。

ここだ。

雄叫びじゃない、呻き声が相手から漏れた。

「ツゥキィイイイイイイイ！！！」

肉を穿《うが》つ感触。わずかな抵抗を超え、突き抜ける感触を手に味わう。

魔力に還るオーク……。

「っかは！　はぁはぁはぁ」

止めていた呼吸を再開するおれ。

「二週間でオークを仕留める、か。フン、あいつらも、ましな人材を育てるか」

魔力となって消え去るオークに寄りかかっていたおれは、倒れないようにそのまま木刀を地面に突き立て杖にする。

周りの声など聞こえない。

「構えろ、時間はまだある」

必要最低限の情報しか入ってこない。

もう無理、と言う気力ももったいない。ただひたすら召喚された魔物と戦い続ける。

一体倒すたびにひと呼吸おいて、そしてまた叩く。倒した数なんてもう数えていない。

召喚されるたびに変わる魔物をただひたすら打ち倒すことだけを考える。

黙って、呼吸を整え、木刀を構える。

打って、打ちこまれて、腹に活を入れて、耐え忍んで仕留める。

殴られて、食いしばって耐えて、腹に打ちこむ。

打ち払って、蹴り飛ばして、とどめをさす。

腕を捕まれ、投げ飛ばされ、片手で相手の側頭部を打ちつけて、脱出する。

手の甲で受けて、頭突きをカマして、馬乗りになって、とどめをさす。

しだいに力が入らなくなっていく身体。最小限の動作で、最高の結果を引き寄せるように、打ちこむ一連の動作に虚を混ぜこんで、相手の隙を作り出す。

無駄を省き、息苦しさも感じなくなったころに、ようやく召喚が途切れた。

「そろそろ時間だ。喜べ、締めにふさわしい、今のおまえではどうあがいても勝てない魔物を用意した」

蹄の音が聞こえる。

「骨騎乗夜騎士《スケルトンナイトライダー》だ。死ななければ治してやる」

最後の締めにしては、えらく上等な存在が出張ってきた。

立派な鎧に、馬上槍、骨の馬にすら鎧を着せている。たとえ中身が骨だとしても、今のおれにはラスボスのようなものだ。どこにも喜べる要素はない。

「ハハハ、負ける気がしねぇ」

だが、それでも空元気くらいの活力は出てくるものだ。

「よく吠えた、虚勢もそこまでいけばいくぶんかマシだ」

言っていなければやっていられない。

無理だと思ったら、おれの体は動かなくなる。

顎で、やれと命じられたスケルトンナイトライダーが駆け出すのを見て、無駄であろうとせいぜい抗《あらが》ってやろうと思う。

馬の速度が加わり、おれからすれば異常な速度で突き出された槍めがけて打ち下ろす。かろうじて目で捉えた確かな打撃、確かな手応えが腕に伝わる。

馬上槍を防いだ、と思ったら、あっさりと宙に浮く身体。

終わった。

直感的にわかった。巻き取るように槍が動き、そいつがおれの体を宙に投げ飛ばしていた。

ああ、仲間がいれば倒せたかねぇ。あんなやつらでも、いるだけマシかもなぁ。もう少しおれも大人にならなくては、さっきの不満も思えば言いわけだったか……。

そう思い、それを最後におれの意識はなくなった。

田中次郎　二十八歳　独身　彼女なし
　職　業　ダンジョンテスター（正社員）
　魔力適性　八（将軍クラス）
　役　職　戦士
　ステータス
　　力　39　↓　力　45
　　耐久　58　↓　耐久　62
　　敏捷　20　↓　敏捷　28
　　持久力　34（マイナス5）　↓　持久力　45（マイナス5）
　　器用　36　↓　器用　36
　　知識　33　↓　知識　33
　　直感　7　↓　直感　8

運　5　↓　運　50　5

魔力　41　↓　魔力　50

状　態　ニコチン中毒

肺汚染（中）

今日のひとこと

魔物と初めて戦いました。

そして、たとえなんと言われようと、誰であろうと、一緒に仕事はこなさなければならないと再認識しました。

5　入社式で社長が挨拶をするのは当たり前だと思う？

面接を受けてからはや一ヵ月、ようやく新人研修が終わった。

「ふぅ」

明日に入社式を控え、今日は日曜日ということもあって研修はない。従って体を休めるために部屋で一日のんびりとしていたわけだ。

そして、夕食を終え、晩酌と相成っている。

「生きているってすばらしい！」

腹の底、いや心の底からのおれの言葉だ。

「ビールがここまでうまいものだとは思わなかった！」

いつもなら寝酒代わりは発泡酒だったが、給料が上がったことをきっかけに、少しグレードを上げてビールにしてみた。独身の戯言《たわごと》かもしれないが、いつもよりというより、昔飲んでいたビールより、断然おいしいと思える。

土曜日は最後の研修の仕上げのために体が悲鳴を上げていて、寝こんでしまい、ビールを味わう余裕などなかった。

しかし、一日じゅう悲鳴を上げていたにもかかわらず、次の日にはケロッとしてビールを味わえているのは、魔法技術さまさまである。

「やはり、人間は生きていると実感できないといけないな」

冷えたビールを流しこみ、喉から胃まで流れこんでいくのを感じ取る。

「本当に、生きているってすばらしいよなぁ」

でなければ、こんなうまいビールを飲むことなんてできなかった。

これまでのことを思い出す。


あの合同訓練のあった日、どうにか夕飯前に目覚めたおれは、なぜか違和感のない体で夕飯を食べて、部屋で晩酌しようと売店に行った。

思い返せば、あの選択が運の尽きだったんだろう。

ぬっと伸びて来た大きな手はおれの体を簡単に持ち上げ、あっというまに食堂の一角に連行した。

「飲めや飲めや！　今日はおれのおごりだ！」

『カカカカ、好きなだけ喰らうがいい。飯はワシのおごりじゃ』

そして連行した犯人は、対面にすわる鬼ヤクザと髑髏《どくろ》紳士——改め、キオ教官とフシオ教官だった。

なぜこんなにもご機嫌なのか、不気味で理解できないほど、機嫌がよい二人を前にして、おれが取れる行動など、いただきます、と返す以外ありえなかった。

「鬼族特製の醸造酒だ！　うめぇぜぇ」

『なになに、こちらはワシが作った精魂酒、人が飲んでも問題ないぞ？』

これでも接待でいろいろと酒を飲まされ、さらには魔紋で強化された体だ。多少アルコール度数の強い酒程度では酔わない、そう思って挑んでみれば、案の定、昔とは比べものにならないほど飲めて、食堂が閉まるまで居すわってしまった。

おれもほろ酔いで、終始笑顔のキオ教官や満足そうなフシオ教官の態度に、よっぽどいいことがあったのだろうと、今回の飲み会の理由を深く考えなかったのも悪かった。

だけどな、誰が考える？　これが最後の晩餐になるかもしれないって。

二日酔いもなく、予定どおり、職種別の午後の訓練に移った次の日、おれを待ち受けていたのは――

「昨日は楽しかったな」

『カカカ、まこと、楽しかったわい』

――紅《くれない》闘気全開のキオ教官と、暗黒闘気を滾《たぎ》らせているフシオ教官だった。

すぐにまわれ右をしたおれは悪くない。

「結界⁉」

だが、戦闘特訓からは逃げられない。なぜならストーリーが進まないからだ。

振り返った瞬間に、額に当たる感触は魔力の壁そのもの。そして背中に感じた悪寒を頼りに、油の切れたブリキ人形のような首の動きで振り返ってみれば――

「⁉」

――悲鳴を上げなかったおれを褒《ほ》めてやりたい。

さっきよりも五割増しの闘気を放っている教官二人がしっかりとおれを捉えていた。

「さて、次郎」

『覚悟はできたかのう？』

「で、できてま『ん？』す‼」

いつのまにか名前呼び捨てに変わっているが、そんなこと気にする余裕はない。できればしばしご猶予を、とは思ったが、言えるものなら言ってみろと眼光で語る二人に、ノーと言えない日本人のおれが否定の言葉など言えるはずがなかった。

せめてもの救いを求めてスエラさんに助けを求めるが……。

「……がんばってください……」

今日はきっちりスーツを着こなし、仕事のデキる女を体現しているスエラさんは、顔をそらし光で反射した眼鏡のレンズのせいで、視線すら合わせてくれませんでした。

『よし、では研修をはじめる』

もはやこれまでと、あきらめという名の覚悟を決めて、いつもどおり中央で武器を構えた。

「あ!?」

そこでおれは気づいてしまった。

考えてみればおれ、合同研修の時、最後には負けていたなぁ。

自分で負けたら地獄と言っておきながら、追加で訓練、そして敗北……。激情に身を任せるべきではなかった。たとえ周りよりも長いあいだ戦い抜いたとしても負けは負けだ。

昨日ご機嫌だったのは、もしかして今日の研修を思ってのことだったのだろうか。せめて楽しい思いをしてから、地獄（研修）に送り出してやろうという教官たちの気遣いなのだろうか。

なら、言いたい。そんな気遣いいりませんから、手加減してください。

構えては吹っ飛ばされ、攻撃しては吹っ飛ばされ、避けても吹っ飛ばされ、防御して耐えたと思ったら、次は吹っ飛ばされて、いつものような光景で、打ち合えたのなんて数回だけだ。

繰り返されるチャンバラブレード（魔剣）の斬撃と、ことごとく妨害してくる玩具《おもちゃ》の杖（呪いの杖）の魔法。

思い返しても、キオ教官が持っていた子供同士が楽しみながら叩き合うようなチャンバラブレードが、魔剣のように見えてしまったのは、あの時が初めてだっただろう。

背筋が凍りつくほど不気味な声で笑いかけてくれたフシオ教官のおかげで、しばらくのあいだは玩具売り場に足を踏み入れないと誓った。

あの軽快な電子音に反するような状態異常の魔法の数々。それ一個一個は死にはしないような内容だったが、チャンバラブレード（魔剣）と組み合わせると、〈混ぜるな危険〉の表示義務を持つシロモノにしか見えなくなった。

ダウンし気絶しているあいだの膝枕（役得）がなければ、きっと挫折していただろう。

正直、ブラック企業も目じゃないほどブラックな内容を体験できる会社のような気がしないでもない。

それでもしっかりと、手加減をしてくれていたのか、おれは生きていた。何回か走馬灯を見たような気がするが、生きていた。不思議と死にはしなかったのは、日ごろの鍛錬のたまものか、それとも絶妙に生と死の狭間を見きわめていた両教官がすごいのかは、考えてもわからなかった。


「明日からダンジョンか」

結果はどうあれ、おれは生き残った。

これ以降は、希望制となり、書類を出し再度訓練を申請するか、成績不良の強制再研修になるかの二択でしかあの二人の教育を受けることはないだろう。

それにひと安心するが、成績不良にならないよう気を引き締めもする。

だが、今は息をぬこう。

入社式が終われば正式におれは社員となり、ダンジョンに挑む。

研修期間の脳内処理がようやく追いついた、というよりビールによって脇にどかされた感があるが明日について考える。

ダンジョン――この現代日本ではゲーム用語か小説の中でしか出てこないようなしろものだが、この一ヵ月間、そこに入るために研修を死に物狂いで受けてきたのだ。実際に存在して、明日は挑むと考えると感慨深い。

いや、そんな深い内容ではなく、単純に遠足前の子供の気分に近いかもしれない。

実際、疲れたからさっさと寝ようと布団に潜って眠れなかったから、こうやって寝酒がわりに晩酌しているのだ。興奮して眠れないとは、なんとも情けないような童心が残っていて嬉しいような……。

「ガキっていうわけじゃないんだがなぁ」

飲み干したビール缶を握りしめて、体を見下ろせば、数年間怠けていた体は嘘のように引き締まっていた。ステータス的にも、採用時とは比べものにならないほど上昇していて、その結果が出ていると実感できる。どれくらいぶりだろうか、努力した結果を早く知りたいと思ったのは。

「さて寝るか」

あまり夜ふかしをして、これ以上深酒をして明日寝坊するわけにもいかない。

心のうちに湧き上がる楽しみは明日にとっておくとして、今はしっかりと眠ることを考えよう。


講義室にいつもなら普段着ですわるが、今日は誰もがスーツを着て格好を整えている。対して、壇上には統一性なる言葉など真っ向から否定しているような個性的なかたがたがずらりと並んでいる。

その中には当然、フシオ教官やキオ教官の姿もある。

おれは初めて見るが、そこに立っているのが、おそらくほかの職種の教官たちだろう。

二人と雰囲気というより強さか、似たような感じをズシリズシリと感じ取れる。

観察しているこちらの視線に気づいて、子供なら絶対に泣き、大人でも腰を抜かすような笑みを浮かべる。それに慣れてしまったおれは、平然として黙って会釈する。

そして再度、ほかの面々に視線をずらして観察する。

爬虫類のような鱗をはやした片目に傷のある体格のいい上半身裸の男性、着物のような服装のスエラさんと同じダークエルフの女性、そしてローブのフードを深くかぶり姿を隠している小柄な人、毛皮と金属の兜を装着した褐色肌の三メートルを超える長身の巨人、そして扇で口元を隠した頭から触覚をはやした複眼の女性は、あろうことか幾箇所か甲殻的なモノで覆っているが人と言える体をもはや下着と言わんばかりの布地のみでさらしている。

幾人かの男性はそちらにクギづけだが、気づいているだろうか？　微笑んでいる、その視線が完全な捕食者の目であるということを。

これは、絶対に油断できない。

壇上に立ち並ぶ誰もが、第一印象で絶対強者であると本能で理解できてしまった。この面々に勝てる勇者という存在は、どれだけすごいんだろうか？

個性豊かというより、独創的という言葉が似合いそうな面々の上に掲げられる、入社式という垂れ幕が非常にシュールに見える。

「時間だ、全員そろっているな？」

そして最後の仕上げで、〝女王さま！〟と呼びたくなるほど冷徹な表情で、スーツ姿の悪魔、エヴィア監督官が壇上に上がる。かの独創的なかたがたの中に入っても埋もれるどころか存在感を醸し出すのはさすがとしか言いようがない。

その姿に場の空気が締め上げられる。

そう、引き締まるではなく、締め上げられる、だ。エヴィア監督官の物理的な圧迫感によって、寝ぼけ眼《まなこ》だった面々も、その表情を強制的に絞り上げられる。

「まずはじめに研修ご苦労と言っておこう。採用人数五十八名、このうち、研修課程を修了したのはここにいる四十名のみだ」

挨拶もそこそこに、開幕の宣言もなしに入社式は幕をあげた。

その開幕ですでに三分の一の人数が立ち去っていたことを告げられ、一人で研修課程を突破したおれにとってはそれほど衝撃を受けないが、周りは違うみたいだ。

ショックを受けた者、達成感を表情に浮かべる者、気を引き締める者とさまざまだ。

「そんなきさまらに渡すものがある。机の上を見ろ。各自のテーブルに箱があるな」

おれたちの感情など意にも介さないように淡々と式をすすめる監督官の言葉に従い、先ほどから気になっていた机の上のものを見る。

十センチほどの立方体の黒い紙箱は、おれが席に着く前から置かれていた。それは切り口どころか、持ち上げることもできなかったので、最初何回か触ったあとは放置していたのだが、いったいなんだろうか。

「開けろ、そして中身を出せ」

と言われても、どうやって開ければいいかわからないのだが、とりあえず持ち上げると今度は簡単に持ち上がり、被せ蓋だったらしく、するりと下箱が落ちて中身をさらした。

「ペンダント？」

そこには革紐のようなもので首にかけられる、八面体の水晶のようなペンダントが入っていた。

「魂魄石《こんぱく》だ。ダンジョンに入るさいにそれは絶対に持っていけ。でなければ、死ぬぞ」

空気が凍った。

重圧を感じさせる監督官の言葉と威圧に、八面体の水晶のようなペンダントを誰かが机の上に落とす。

「ふん、研修を終えて自分は強いと勘違いをしているやつもいるようだから教えてやる。たかがきさまらが攻略できるような甘いダンジョンをわれわれは作らん」

最初から静かであった講義室だが、今では冷房をガンガンに効かせた部屋よりも肌寒く感じる。

「当然ながら、死ぬ危険性はある。きさまらも体験しただろう。魔物との戦闘を。あれで死なないと考えるやつがいるのなら遅くはない。ダンジョンに入るのはやめておけ。ただただ辛い思いをするだけでロクな情報を拾えるわけもない。われわれとしても、毒にも薬にもならない情報など必要とはしていない」

さぁ立ち去れ、と言わんばかりに冷たく突き放す監督官の言葉に、おれはグッと感じるものがあったが、それは怯えではなく、どちらかと言うと反骨心といったものだ。

心うちを表わすなら、上等だ！　と叫ぶような感じだ。

ここまで努力して、まだ届かない最深層というものがどういうものなのかが気になる。そう思ったからこそ、ちょっと口元がほころびそうになった。

だが、そう思う者だけじゃなかった。

「冗談じゃない！　死ぬなんて聞いてないぞ！」

「そうよ！　怪我は聞いたけど、命なんてかけられないわよ！」

「そうだ！　ふざけんなよ！」

三人が立ち上がり、不満をわめき散らす。

「……言いたいことはそれだけか？　なら、立ち去れ、不満があるものを使っても意味はないし用もない。安心しろ、研修期間の給料くらいは出してやる」

そして、監督官がひと睨み、というより流し目でそいつらを見れば、またたくまに足元に魔法陣が現われたかと思うと一瞬で消え去った。

「はじめに説明したはずだ。このテスターは命がけだ。それを理解せず、誇大表現だと勘違いしたやつはただの愚か者だ。もう一度言う。そんなやつをわれわれは求めていない。覚悟ある者だけがこの場に残ることを許す。当然、最初に説明し、約束したように、われわれもきさまらの命を最大限に保証してやる。だが絶対じゃない。それをわきまえて、答えろ。残るか、立ち去るか」

さっきのやり取りを見ていれば、何人かは立ち去ると思った。だが――

「ふん、さっきの三人だけか。あとは結果で語ってもらうとして、説明に戻る。先ほど死ぬといったが、この魂魄石があれば死ぬ確率はほとんどないといっていい。これはそういう代物だ」

チャラリとおれたちが持っているものと同じ代物を監督官は取り出してみせる。

「これは研修終了の証《あかし》であると同時に、ダンジョンへ入るための鍵でもあり、きさまらの命綱でもある。ダンジョンは魔力がかなりの濃度で充満している。その魔力をこの石は吸収し、きさまらの魔力と合成させ、情報を記録する。そして、ダンジョン内に入りしだい、自動でダンジョン内での仮初《かりそめ》の体を生成する。魂を基準とした、魔力でできた体だ。たとえダンジョン内で死んだとしても、瞬時にこの会社内の医務室に強制転移し、情報をもとに体を元の状態に再生させる。たとえ心臓が消し飛ばされようが頭が消し飛ばされようが、壊れるのは魔力でできた身体、エーテル体だ。実態は無傷だと保証しよう。よかったなおまえら、安心して死ぬことができるぞ。代わりに、死ぬほど痛いがな」

サディズム全開と言わんばかりに、監督官は嗜虐《しぎゃく》的な笑みを浮かべる。

それを見て、つい、椅子を少し後ろに引いてしまったおれは悪くない。むしろ生存本能だ。

しかし、仮初の体とは、いよいよファンタジーじみてきたな。

「ただし、これも万能というわけでもない。第一に、これはダンジョンの中でしか使えん。社外ではただの装飾品に成り下がる。第二に、これを作るのに必要なひとつあたりのコストは、きさまらが一生をかけても払えん額が動いていると知れ。失くしでもしてみろ、きさまらの運命は決まる」

最後のほうは完璧に脅しているとしか言いようがないが、それは置いておいても、コスト面の問題はあるだろうから仕方ない。

要は会社の備品をなくすなと言っているだけだ。取り扱いは要注意だろう。

「第三に、これは肉体の損傷はなくしても、精神的なダメージはなくせない。トラウマなどのケアはしてやるが立ちなおれるかどうかはきさまらしだいだ。加えて、怪我を負った状態でダンジョンから出てきた場合は、その傷は生身の体に反映される。痛みに悶《もだ》えたくなければ、治療は自力で行なえ。ああ、体の欠損は幻肢痛で痛みは残るが、魂が欠損しないかぎり、肉体が欠損する心配はない」

嫌なことを聞いた。たとえ魔力でできた体だとしても痛みはある。死んだ経験をして、再度ダンジョンに挑めるなんて保証はない。それこそトラウマになれば終わりだ。

それに、怪我を治療せずに出ていったら、傷が生身に反映される。生傷が絶えない職場だから、そういった方面での対策が必要だ。体の欠損はよほどのことがないかぎり発生しないというのは朗報だが、監督官の言いかたが妙だ。まるで、欠損する可能性があるとでも言っているみたいだ。

「最後に、これは経験則だ。わたしは先代の勇者に斬り殺されかけている。わたしでもそんな事態におちいる。きさまらなら容易に同じ立場になり得る。気を引き締めてダンジョンに挑め」

聞くタイミングを逃したが、これは独自で調べたほうがいい。調べないで、五体不満足になるのはごめんだ。

最初から最後まで、注意事項のオンパレードで気が抜けない。

「さて、わかったな」

充分に理解できましたが、おかげで昨日の遠足気分は完全に死に絶えました。

周りも同じように、不安がいっぱいといった感じの表情を浮かべている。

そんな空気など監督官は気にする様子はない。

こんな気分でダンジョンに挑めるだろうか？　思いきって一回、教官たちにぶっ飛ばされて開きなおってから、ダンジョンに挑んだほうがいいような気がする。

さて、どうするか。

「う〜ん、せっかくの門出なんだから、もうちょっと明るい雰囲気にできないのかな、彼女は」

「いや、雰囲気的に厳格って意味では間違いじゃないような気が、それに必要な情報でしたし」

おもにおれたちの生命の安全に関する話だし……。

「そうかな？　厳しすぎるだけじゃ、下の者は上にはついてこないよ。メリハリってものは社会では重要だよ」

「まぁ、確かに――」

って、おれは式の最中に誰と話をしているのだろう。

おれの席は最後尾で、左右の席には誰もいないから、悲しい現実とともに自然と会話をする相手は消滅するわけだ。

従って、となりには誰もいなかったはずなのだが――

「やぁ！」

「だれ？」

「魔王だよ！」

――いつのまにか、魔王を名乗るさわやかなイケメンがとなりにすわっていた。

「……」

「アハハハ、信じられないかな？　もっとこう、厳格なイメージで、歴戦の重みってのがにじみ出る風格みたいなやつを醸し出した存在かな？　魔王っていうのは」

おれの沈黙の意味を的確に理解してくれた自称魔王さまは、顎に手を置いて悩みだす。

「う～ん、ぼくも魔力を押さえこむのは窮屈だから出してもいいと思うんだけど、エヴィアがねぇ、式自体が成り立たなくなるからやめるようにって言われているからねぇ、地味だけど、こうするのが一番かなぁ」

監督官を呼び捨てとか、相当仲のいい人とかでなければ、あの手のタイプは呼び捨てを許しはしないだろう。もしくは相当上の立場の人とか。

となると、自称魔王の〝自称〟の部分はなくなり、となりの人は本当に魔王ということになるのでは？

そう悩むおれを脇目に、すっと、それこそ自然に、まるで壇上に用があるかのように、推定魔王は立ち上がると気軽に歩いていく。

その歩いていく姿に、前のほうに集中しているほかの同僚は気づかない。気づいているのは、壇上の教官たちだけだ。

すっと、まるで示し合わせたかのように膝をついて、壇上に登っていった自称、いや、魔王を迎え入れた。

確かに、その登場の仕方自体は地味かもしれない。

だが、その光景自体が、貫禄をしっかりと見せつけていた。

ひざまずく者たちの誰もが王としての資質を兼ね備えているのにもかかわらず、その誰よりも王であると見せつけている。

「やぁ！　諸君！　わたしは魔王だ‼　もっとわかりやすく言うなら、きみたちの雇い主であり！　社長だ！」

さも当然と言わんばかりの堂々とした宣言に、おれを含めた同僚たちは反応できない。魔王＝社長、そんな等式が成り立ちそうで成り立つのだろうかと疑問に思うのだが、段取りという過程を完全にすっとばしただろう登場の仕方に、どう反応すればいいのかわかりかねる。教官たちに倣って、椅子から降りて、ひざまずけばいいのだろうか？

「ああ、姿勢はそのままでいいよ。きみたちは部下ではあるが家臣ではない。礼儀は必要であるが敬意は不要だ！」

なんでもお見通しだと言わんばかりに、カリスマを見せつけるとはこのことだろうか。器のデカさを見せつけられる。

「まずは研修ご苦労！　加えてわたしからのムチは受け取ってくれたかな？　ああ、言わなくてもいい、きみたちのその顔を見れば、真剣に受け取ってくれたのだろう。そんなきみたちをそのまま帰すような真似をわたしはしない。ムチを与えたなら、今度はアメをあげようじゃないか」

まるで役者だ。視線をいっきに監督官から、魔王自身に集めてみせた。

「今まで使えなかった施設を今日をもって開放する。詳細に関しては、すでに各部屋に資料を配付している。楽しみにしておきたまえ。もちろん社員として割引も効くからおおいに利用してくれ」

もう、魔王の独壇場だ。声のひとこと、ひとこと、に力がある。

「そして、成果をあげた者には、特別な報奨を出そう！　成果も順位をつけて毎週貼りだし、皆がわかりやすいようにしよう！　その中で半年後の結果、上位三名には、わが魔王の名で用意できるものをなんでも用意してやろう！　金が欲しければくれてやろう！　力が欲しければ与えてやろう！　地位が欲しければ用意してやろう！　きみたちが望むものを用意してみせようではないか!!」

普通の人が言えば間違いなく詐欺だとか、嘘だとか、なに言っているんだこいつ、と疑いを向けるのだが、壇上に立つ魔王の言葉には嘘がない。彼が用意するといえば、用意するのだろう。

そして、さっきまで冷え切っていた空気があっというまに燃え上がっていた。

視線がギラつくとはこのことか、人間の欲を刺激するのが本当にうまい。

このことに、おれはただ単純にすごいと思った。

周りがまとわりつくような熱気に包まれている反面、その光景を冷めた目で見てしまっている己《おのれ》がいる。二十代ももうすぐ終わり、もはや三十代と言えてしまうような年齢に入ってしまっているのだ。報酬が出ると聞いて、嬉しいといえば嬉しいが、そこまで燃え上がれるわけではない。

「長話で、きみたちの足を止めるのもこれまでとしよう！　これよりダンジョンを開放する！　各自、各々の判断で行動せよ！」

「以上で、入社式を終了する！」

まぁ、それでも、はやる気持ちというのは確かに存在するわけである。

少し速くなった鼓動を自覚しながら、監督官の言葉を合図に魔王は壇上を降り、そのあとに教官たちが続く。気のせいかもしれないが、一瞬、魔王と視線があったような気がした。だがそれも、気がしたというだけで、気のせいであったと思うことにした。

「それにしても、魔王さま？　のあとについて行くって、もしかして教官たちって相当えらい立場にいるのだろうか？」

自己紹介の時に、役職を聞いておけばよかったと、今後とは関係ないことを考えるおれであった。

Another Side

「魔王さま？」

「エヴィア、できれば怒らないでほしいなぁ」

「なら、せめて段取りを踏ませてください」

「それじゃぁ、わたしは彼と話せないじゃないか」

所変わって、場所は講義室のような近代的な部屋ではなく、中世的な玉座の間《ま》、そこに監督官と教官、いや近衛頭《このえがしら》と将軍たちが一列に並び、玉座の主《あるじ》を見上げていた。

『カカカ、変わらずのスキモノですな、魔王さま。して、いかがでしたかな？』

「う～ん、今後に期待かなと最初は思ったけど、あれはいいねぇ」

「おお、辛口の大将が褒めるなんて珍しいですなぁ」

「うん、魔力適性に対して今回は不作かなぁと思ったけど、なるほど、あれが掘り出しものってやつだね。達観した目で群れに埋もれていない。あれは、人を知っているねぇ。いや、理解し納得して、人というのを飲み干したことがある。それゆえに線引きがすまされている。わたしは好きかな？　ああいったきっちりと線を引き、自分の判断で切り捨てられそうな人間は。強いて言うなら、個としての積極性はあるけど、群れとしての積極性がないことが悩ましいところかなぁ」

久しぶりにいいものを見たと、玉座に肘を付きながら笑みを浮かべる。

愉悦……いま魔王は、心底楽しんでいる。

「それにしても、近衛頭さんは、ほんまえげつないことを考えなさるわ。これ、ただの魂魄石じゃあらへんな？」

そこに水を差すように、ちらりと、扇の女性、蟲王《ちゅうおう》クズリはゆらりと先ほどのペンダントを取り出してみせる。目は細まり口元は笑っているが、どちらかというとあざ笑っていると言ったほうが正しいか。

「悪魔は嘘はつかんぞ？　それは間違いなく魂魄石だ。説明した能力は間違いなく存在する。ただ、それだけではないがな」

「ほんま、えげつないなぁ」

近衛頭、エヴィアもクズリと同じ顔であざ笑う。

「勇者の能力の解析のための術式を組みこみ、さらに再生のたびに、ダンジョンの魔力と対象の魔力を合わせることで上質な魔力を生成、それをダンジョンに還元できる。これをただのひとことですますのは、さすが悪魔といったところか？」

「巨人王、人聞きが悪い。治療もタダではないのだぞ。やつらの魔力は放っておけば回復する。わたしは代金代わりに、その無駄に垂れ流して捨てている魔力を徴収しているにすぎん」

『カカカカ、それでわれらが軍備は潤う。まことよく考えたことよ』

「ふん」

「気に食わないかい、ウォーロック？」

「いえ、同胞ではないあやつらを心配する必要はありませんゆえ」

魔王や彼ら将軍にとって、この程度の策、暗躍とも言えない児戯の内容をつまみに話は進んでいく。

「ふむ、なら問題ないかな。それならアミリ、確かきみのダンジョンはまだ完成していなかったはずだが、あれからどうだい？」

エヴィアの企《たくら》みの確認は終わり、ならば次は今後、テスターである彼らが潜るダンジョンのことが話題になるが、いくつかのダンジョンがいまだ完成していなかった。

いや、問題点の洗い出しを行なうための今回の計画なのだ。完成したダンジョンなど存在しないが、その中で輪をかけて進行が遅れていたダンジョンがある。

魔王が玉座から視線を向け、さらには声をかけた先にいたのは、姿をすっぽりとローブで覆い尽くした存在だった。

そしてその存在は、魔王から話しかけられたのをきっかけにその姿を現わす。

フードを取り払い、顔を見せた。その顔は年端もいかない少女のもの。顔のいたるところに機械の回路のようなものが走り、無表情というより無機質な表情と表現したほうが正しいだろう。しかし、逆にそれが相まって、うっすらと輝く灰色の長髪と共に、人形じみた美しさを醸し出していた。

「報告、ダンジョンの完成率約六割、兵の配備率四割五分、結論、浅層部の制作は完了しているため、現状でテスターたちの迎撃は充分だと判断します」

テストと言わず迎撃と表現しているあたり、将軍と呼ばれる立場の存在として、テスター に対してどう思っているのかの認識がうかがえる。そして発した張本人の声も、人の声であるはずなのに、無機質に聞こえてしまう。

「ケケケケ、機王の嬢ちゃんは自信満々だな」

それに返事するかのように、どこか軽い声が賞賛を送る。

「うん、わたしとしてもアミリの報告を疑うつもりはない。きみは根拠なき報告は行なわないからね。アミリが問題ないというなら問題ないのだろう。どちらかといえば竜王、きみのほうがわたしは心配だよ？」

「うあちゃぁ、だんな、それはないぜ。いくら遊び好きのおれでも、あんな虫けらなやつらに突破を許すようなちゃちなダンジョンは作っていませんぜ」

「きみたちの一族は実力は申し分ないのに、その遊び心で問題を起こし続けているからね。心配もしてしまうよ。加えて、タチの悪いことに、結果で挽回しているから、咎《とが》めにくいときた。わたしの心労をいたわってくれないかい？」

「ケケケケ、善処しましょう」

風貌からして歴戦の戦士と言えそうなのに、口調が軽いため台なしになってしまっている竜王バスカル。その態度も毎度のことなのか、それとも結果を出せば問題ないと思っているのか、魔王もこれ以上言うつもりはないのか、さっと周囲をみまわす。

それだけで、空気は入れ替わる。

「さて、わが愛しの家臣たちよ。心して聴け。この計画にわれらが夢のすべてがかかっているといっても過言ではない。総員、全力をもってことに当たれ」

「「「「「『すべては御心のままに』」」」」」

将軍たちの答えに満足し、魔王は玉座より見える天窓に映る紫光の月を見上げ、ようやく始まるのだと実感した。

かくて、ダンジョンはいま動き出す。

Another Side END

今日のひとこと
あんなに存在感のある社長が現実にいるとは思いませんでした。
正体は魔王でしたけど……。

6　仕事をするにあたって、可能なら事前準備はしたいなぁ

「施設増えすぎだろ、おい」

入社式が終わり、あとは各自の判断で動いていいと言われたが、今は勤務時間であるのは間違いない。

それでも事前準備という名の情報収集のため自室に戻ってきたわけだが、そこでポストに入っていた妙に分厚い冊子に気づいた。

そういえば、入社式の時に施設を開放するとかなんとか言っていたが、それのことかと思い、冊子を手に取り軽く目を通してみた結果がさっきの言葉だ。

飲食店に始まり、医療機関、武器屋、防具屋、道具屋、訓練所、娯楽施設などなどと、種類だけあげるだけでもキリがない。

店の名前なんてあげていったら、それこそ一日が終わってしまう。

単純にダンジョンを攻略するために会社側が用意した施設だとすると、もはや外に出る必要性が感じられないくらいの充実した内容だ。

最後のほうのページには、居酒屋などの酒類の店に夜のお店、要は未成年お断りな店もチラリと見えた。ここで鼻息のひとつでも荒げれば、男としての反応は正しいのかもしれないが、生憎とこれでも公私は分けるほうだ。そういったのはプライベートで楽しむとして、しっかりと折り目をつけてから切り替える。

「今は、こっちだな」

「現代に生まれたファンタジー世界か、映画村なんてめじゃないな、これ」

立ち並ぶ店がすべてファンタジー一色、サンプルで並べられた展示品の料理なんて見たこともないものばかりだ。飾られている服だってコスプレと普段着の狭間にあるような服装が多い。

とどめに、コスプレの小道具なんて言いわけが聞かないほどの銃刀法に真っ向から喧嘩を売っている刀剣の数々。価格はピンキリであるが、種類はさまざまだ。

買い物は日本円で問題ない時点でファンタジー？　と疑問符を浮かばせてしまうが、それで構わないのなら、こちらとしては問題ない。

理解して、納得できれば、あとは会社の地下に広がる駅地下のような商業施設群に向けて歩き出す。

店の数に対して、客はおれたちテスターと社員だけなのか、店の中の客はまばらだ。

これがしだいに増えてくると考えての投資なのだろうが、閑古鳥が鳴きすぎだろと感想を抱きながら、人生初のファンタジーウインドウショッピングを開始する。

「……意外と高いな」

おれがいま手に持っているのは、しっかりと作りこまれた鉄製の両刃の剣、これ一本で十四万だ。相場として高いのか安いのかいまいちわからないが、貯金をしている身でも少々値が張るものであるのは間違いない。

チラリとショーウインドウに並んでいる品物を見れば、一番安いものでもこの剣よりも桁がひとつ違う。もちろん上にだ。

「はぁ、覚悟を決めるか」

貯金を崩す覚悟をして、改善点を思い返す。

研修で痛感したのは自分の攻撃力のなさだ。

今では笑い話にできるが、コモドオオトカゲモドキをメッタ打ちにしてようやく一体倒して、そしたら複数で襲いかかられて、もうどうしろって感じで逃げまわった記憶は教訓として刻まれている。

単純にステータスが足りないから、ああいった結果になったかもしれない。実際キオ教官は、チャンバラブレードで笑いながら金属製の防具を消し飛ばしていたし。

しかし、ステータスは一朝一夕じゃ上がらない。なので、改善するとしたら当然装備ということになる。

たとえ鉄芯入りの木刀とはいえ、鈍器としては優秀かもしれないが、生物を殺《あや》めるものとしてはいささか心もとなかった。

体の頑丈さは教官たちのおかげで自信がついているから、防具より先にまず必要なのは武器だろうなと考える。なので、ダメもとでこうやっていくつかの武器屋を見てまわっているのだが、なかなかしっくりくるものがない。

「店員さん、こういうのって試し切りとかってできないの？」

「刃が欠けたりしたら買取ってくれるならいいよ？」

「鬼か」

「残念、わしは巨人族《ジャイアント》だよ」

「どおりで大柄だと思ったよ」

「これでも小柄のほうだぜ？」

「マジかよ」

閑古鳥が鳴いているおかげか、こうやってカウンターにすわっている店員と軽口を叩き合うことができる。

身長二メートルを超えている時点で、おれから見たら大柄に見えてしまうのだが、その体躯で小柄に分類されるジャイアントの平均身長を知りたくなる。だが、そんなことよりも今は武器だ。

「店員さん、おすすめの武器とかあるか？」

「一本、三千万で買える魔剣があるぜ」

「余裕で予算オーバーするような品物すすめるなよ」

「驚きの六割引の魔剣だぜ？　もちろんローンも大丈夫だ」

「六割引いてその値段って、元値はとんでもないってのだけはよくわかったよ。それだけ聞けば確かにおすすめの武器だ。性能が値引きのぶんだけすごいのかどうか、わからなくなっているがな」

生憎とこちらが欲しているのは、身の丈にあった武器だ。いくら高性能な武器だとしても、それにおんぶに抱っこで武器に使われているような状態では宝の持ち腐れで、いずれはそれを自身の力と勘違いして身の破滅におちいるにきまってる。

こういうのは徐々にいい武器にしていくにかぎる。車にたとえるなら、とんでもハイスペックのF１カーではなく、大量生産型の乗用車を求めているのだ、おれは。

「性能はお墨付きだぞ？　問題なのは魔剣の性能で、強化された超人的な肉体で、達人クラスの剣技をところ構わず、敵味方問わず、勝手に振るっちまうことだがな」

「さすが魔剣、致命的な欠点が備わっているな。通り魔も真っ青になるぞ、おい」

聖剣とか神剣には絶対に備わっていなさそうなスペックだ。マイナス的な意味で。

「やっぱダメかぁ、強くなりたいやつならほしがると思ったんだがなぁ」

「破滅しか待っていないだろう。お、店員さん、これは？」

「あ？　それはうちの若い衆が鍛えたやつだ。それなりには使えると思うぜ」

「それなりねぇ」

見るかぎり、ワゴンセール品。酒樽にぶっ刺されているあたり扱いも雑だ。長さも形も刀剣としての種類もバラバラだ。それでも値段は店内で随一に安い。

「まさかのイチキュッパ」

値段を見ると一万九千八百円均一、道具はけちるなと言うが、それでも掘り出し物くらいは探したくなる。買うか買わないかは、とりあえず見てから決めるとして、あさる。

「やっぱ掘り出し物はないかぁ」

しかし現実は甘くない。

そして、安い値段には安い値段なりの理由がある。その中に、業物《わざもの》を隠すなんてご都合主義があるわけがない。

ここに入っていたのは鈍《なまくら》とまではいかないが、業物とは決して呼べない代物ばかりだ、とは店員談。試しに持ってみたのは、さっきの鉄製の剣と同じ型だ。

しかし持ってすぐに違いがわかる。さっきはしっくりきた持ち手も、こっちはしっくりは来ないものの、それなりといった感じの代物だった。

さすがにそんなものに命を預ける気にはなれない。

そしてひととおり見たかぎり、これ以上いい剣に会えそうな気がしないので、とりあえず別の店に移るとする。

「ほかの店も見てみるよ。説明ありがとう」

「おうよ、暇すぎるから、冷やかしでもいいから来てくれよな」

「冷やかしでいいのかよ」

今回はめぐり合わせが悪かったが、こういった愛嬌のある店員はわりと好きだ。

また来ようと思ったが、どうせなら高級な武器も見ていくかと思い、出口ではなくガラスケースへと足を向け、中を見ながら出口に向かう。

「どれもこれも桁が違うなぁ」

さすがにガラスケースに並ぶだけあって、どれもが一級品。日本語で書かれた説明プレートには、値段と一緒に簡単な説明も書かれ、その内容が小説や漫画の中で見るような設定ばかりで、見ているだけでも飽きは来ない。

しだいに、貯金の残高と比べて買える買えないと頭の中で反芻《はんすう》するようになるが、どうにか物欲を押さえこもうとしたとき、そいつは目の前に現われた。

「なんだこれ、鉄の板？」

それは、ただただ片刃の長剣のような形に整えられただけの鉄板だった。細工も施されず、ただ柄《つか》らしき場所に布が巻かれているだけの、お世辞にもガラスケースに入れるような代物には見えなかった。

「鉱樹の苗だよ、それは」

「苗？　ってことはこれ植物なのか？」

しばらく見入っていたら、さっきまでカウンターにすわっていた店員が、おれのとなりに立っていた。

「ああ、こいつを魔力が豊富な土地に突き刺すと、そこの魔力を吸って植物のように根を張って成長するんだ。材質は間違いなく金属なんだが、こいつは少し特殊な金属でね。樹齢千年単位になると、そりゃ良質な鋼になるんだぜ？」

要は、成長する金属ということだ。

「ってことは、これは材料用なのか？」

それなら武器屋に置かれていても不思議ではない。これを使ったオーダーメイドの武器を作るということだろう。値段も、新車の乗用車を買えるくらいの値段をしているが、それだけ良質な材料なのだろう。

「いや、間違いなくこれは武器だぜ」

「は？　苗なんだろ？」

「こいつには別名があってな、〝鍛冶屋泣かせ〟って呼ばれているんだよ」

「〝鍛冶屋泣かせ〟？」

「ああ、コイツは地面に刺すと木のように成長する。そして種を残すんだ。ほら、柄のところにあるアノ丸いのがそうだよ」

店員の指さした箇所を見れば、黒い球体が確かに柄の一番端についていた。

「普通なら、そのまま地面に埋まって新たな鉱樹になるんだがな。地面に埋めずに魔力を流し続けると、細長い鉄板みたいになるんだ。それを加工して、剣みたいな形に整えたやつがこれなんだが」

「聞いているかぎりだと、どこら辺が〝鍛冶屋泣かせ〟なんだ？　あれか？　異常に硬すぎて加工できないとか」

「いや、苗レベルの段階だと、鉄より少し硬い程度だぜ」

「だったらなんなんだよ」

どうも説明が遠まわしすぎる。言いづらいことがあるなら、わざわざこんな目立つところに展示して、売り物なんかにしないはずだが。

「その……なんだ……〝鍛冶屋泣かせ〟って言われる所以《ゆえん》はな、こいつを地面に刺さずに持って戦うと、だんだんと剣の形に成長していくんだよ」

「成長って、これがか？」

「ああ」

見るからに鈍《なまくら》です、と宣言しているような格好の剣だ。とうてい使えそうには見えない。

「使用者の魔力にあわせて成長する。おれら鍛冶師の槌などいらず、火もいらず、叩くことすら不要で、勝手に成長していくんだ。中には、それこそ伝説の名剣になった鉱樹もあるくらいだ」

「だから、〝鍛冶屋泣かせ〟か」

勝手に名剣になってしまうような素材、確かに鍛冶師いらずの泣かせるような材料だ。

「……ちなみに、絶対に名剣になるのか？」

「いや、ほとんどが鈍《なまくら》で終わる」

「おい！」

「言っただろ？　〝鍛冶屋泣かせ〟って。その中には、笑いで泣かせてくれるって意味もあるんだよ」

要は、ただ珍しいだけの材料なのに金が転がりこんできてウハウハなるってやつか。そんなオチだろうと思ったよ。もし仮に、かなりの確率で勝手に名剣になるような素材があるとしたら、それなら鍛冶師という武器職人は不要になる。

そして、店頭には武器じゃなくて鉱樹が並ぶはずだ。いくつかの武器屋を見てまわってきたが、鉱樹なんて品物はこの店で初めて見たし、それもガラスケースに入っているものの、あまり目立たない場所にあった。

つまりは、高級なギャンブルだ。

運がよければ、格安で伝説級の剣が手に入る可能性を秘めた鈍《なまくら》ということだ。

「ま、コイツが名剣になるなんて一万本に一本ってくらいだ。おれも長いこと鍛冶師をしてるが、そんな話、ここ最近とんと聞いてないぜ」

それならまともな剣を買ったほうがいいぜ、とアドバイスをくれる店員に従うのが利口だ。

だが、それじゃつまらないと思ってしまった。

もう二十代も終わりの時期、あとがなく、たとえ失敗するのが目に見えていても、王道を行くのは何か違うと思ってしまった。

「店員さん、これ買うわ」

「……今日、耳鼻科やってたか？」

「空耳じゃねぇよ」

「おいおいおい、客だから頭の構造を心配して言わなかったおれの心を察してほしいぜ。正気か？　さっきの話を聞いてたか？　その耳は飾りか？　こいつはただの金食い虫なんだよ。たとえ、あとで地面に突き刺して植えたとしても、まともな値段になるのは千年後だ。あんたが長命種ならともかく、あんたは人間だ。せいぜい長く生きてもあと六十年。

とてもじゃないがもとなんか取れねぇぜ？」

「構やしねえよ、失敗したら失敗したで、酒の笑い話にするだけだ」

「それで借金してたら、笑い話にもならねぇぜ」

どうやらこの店員は、おれの心配をしてくれるほど気のいい巨人らしい。

なら、おれはその不安を払拭してやるくらいの不敵な笑みで返してやろう。

「生憎とこれを買うくらいの貯金なら溜めこんでるんだ。当然、一括だ」

「……っは！　馬鹿がいるぜ！　おうよ！　それなら止める必要はないな！　しっかりと金を払うなら、あんたは客だ！　どこぞの偏屈屋のドワーフと違って、おれらジャイアントは求めるやつに武器を与える！　死蔵なんてもってのほか！　対価をしっかりと払うなら、誰にでも渡す！　腕なんて知ったことじゃねぇ！　武器は武器だ！　武器は使わなければ意味がねぇ!!　ほらあんたが客だって言うなら、とっとと金をだしな！」

「テンション高いな」

「たりめぇだ！　久しぶりに笑える馬鹿が来たんだ！　鈍《なまくら》になるかもしれねぇ武器で、わずかな可能性で名剣を育てようとする。ある意味おれらと同業だ！　これを楽しまんで何がジャイアントだ！」

誰が馬鹿だ！　と予定より大幅な予算オーバーの買い物をしている時点で、確かに馬鹿かもしれないと思い、返す言葉を言うことなく、なぜかあるＡＴＭから金を引き出し、どんとカウンターにおいてやった。

「ちなみにおまえ、武器はどうやって運ぶんだ？」

「そりゃ……手に持って？」

「馬鹿野郎、常に武器を持ち歩くのか？　ほら武器を背負う固定具だ。魔石式だからつけたいと思えば固定して、はずしたいと思えば固定が解除されるすぐれものだぜ！」

「おお！」

いい巨人だと思ったが、さらに親切な巨人と言いかえてもいい。まさかの大人買いに思わぬ副産物、車を買ってカーナビを負けてもらうくらいの値引き交渉だ。

「これを十万で譲ってやるぜ！」

前言撤回、親切な巨人じゃなくて、商売根性たくましい巨人だった。

「金取るのかよ！」

「っは！　それこそたりめぇだ！　対価なしで自分の作品を譲るなんて、自分の作品に糞を塗りたくるようなものよ！」

人生そうウマい話はなかった。言っていることは理解できるが、大金を使ったあとの話では納得はできない。ジト目で店員のいかつい顔を見上げるが、いい笑顔で結構良質そうなベルト式の固定具をゆらりと揺らすだけで何も言わない。

そして、鉱樹の形は長剣。今まで使っていた木刀より長さが若干伸びて、重さは倍以上に増えている。いくらステータスで強化された体といっても、現状じゃ常時持ち続けるのは当然無理だ。

「毎度あり〜。鉱樹はきちんと磨いて、魔力を流せば成長するからなぁ！　何かわからないことがあったら来いよ！」

レジスターの音で財布が寂しくなったのを実感し、結局固定具も買うことになって、貯金は大ダメージを受ける羽目になった。

おまけのおまけで買った手入れ道具も地味に痛い出費だ。


「あとは防具と薬だな」

とりあえず今はスーツ姿で、鉄板のような片刃の長剣を背負っている。

当然ながらそんな格好でダンジョンなど潜れないし、支給品などとっくの昔に教官たちにズタボロにされている。

支給された防具など、午後の研修が終わったあと、毎回スエラさんが修理を手配してなおしてくれていたのだが、このあいだ、というより研修の最終日に、ついにご臨終を迎えてしまった。

チャンバラブレード（魔剣）に砕かれてしまったのだ。

キオ教官いわく、手加減を少し間違える程度にはおまえも強くなった、とのことだが、それで防具を破壊され、手痛い出費を強いられる身としては、強くなったのに切なく感じてしまう。

そしてその結果が、防具にも反映される。

「すみません動きやすくて、要所が守れる防具ってありますか？　予算は安めで」

とりあえず、基本方針を固めて店に入っていくのだった。

おれって実はＲＰＧで強い武器を買って、防具はあとまわしにして困るタイプだということを、おれよりも頭二つぶん高いモデル体型の巨人族《ジャイアント》の女性店員に聞きながら思い出していた。

今度も値段を比較しながら店をうろつくこと数軒目。正直、さっきと同じ買い物はできないと吟味するうちに、いくつかの店を冷やかしてしまった。

しかし、ない物（金）はないのだ。だからこそ、しっかりと吟味する必要があるのだが……。

「正直、わからん」

「わかったら、わたしたちなんて必要ないよ」

吟味して、少ない予算でどうにかしようと困っているおれを見かねてか、武器屋と一緒で同じく閑古鳥を鳴かせている店員がおれに話しかけてくれた。

「そういうものですかね？」

ここはすなおに、助けを求める。

ゲームやらアニメ、小説とかでは、この金属は強い、このモンスターの革はレアだ、この宝石にはこんな効果が、といろいろ簡単に装備を選ぶ主人公たちがいるが、よほど目利きなのだろう。

おれには値段が安いかどうか程度しかわからない。革の鎧ひとつで、同じ飛龍なのに倍近い値段差の鎧があったり、逆に、もはや捨て値同然のコスプレしていますと言わんばかりの全身鎧があったり、正直ここで防具の性能が適正価格で性能がいいのかどうかも判断できない。

「ここにある大半が地球にない素材ばかりで作ったものよ？　まぁ、作りかたとか技術的な面やデザインで参考にさせてもらった部分は多分にあるけど、素材という面ではあなたの判断基準はまったくあてにならないわね」

どおりでどっかの特殊部隊の装備みたいな服が置いてあるはずだ。

マネキンに着せられたその装備が手の届く値段だったら間違いなくそれを購入していた。

仕事の内容が内容なので、その場にあったコスプレのような服装だと割り切っていても、それでもなるべく常識的っぽい服装にしたい。何が悲しくて、三十路《みそじ》手前でついこのあいだまでサラリーマンだった男が、ゲームのような目立つファンタジーチックな服を着なくてはいけないのだ。

そこまで行くと宴会芸のレベルになってしまう。

この店を選んだ理由も、前三軒の店に比べると比較的現代的な服装が多いからだ。前の店で楽しそうに装備を選んでいた同期もいたが、見た感じ全員が大学生で構成された男女のようだった。若さというか、チャレンジャー精神と言うべきか、わいわいとコスプレショーをしている姿を見て、ジェネレーションギャップを感じてしまったのは置いておこう。

「少なくとも値段イコール装備が強いって発想はやめておいたほうがいいわね。中には希少で、とある種族には効果があるけど、ほかにはまったく無意味な装備だってあるのよ。すなおに本職に聞くのが一番ね」

この店員の言っていることは確かだろう。だが、それを鵜呑《うの》みにしていては、カモがネギを背負っている状態で買い物するようなものだ。値段の比較と、独自の勉強による知識は必要だ。

「安心しなさい。よほどの客じゃないかぎり、ボッタクルようなことはしないわよ」

「……顔に出ていたか?」

「そっちが素なわけね。わたしはそっちのほうが好きだから、そっちの口調でいいわよ。安心しなさい、それなりに経験しているようだから、顔には出てないわ。次からは目にも気をつけなさい」

トントンと自身の右目を指さす店員の顔は笑っていた。

この店員は仕事で邪魔になるからか、あるいはファッションでそういった髪型をしているかはわからないが、短く切りそろえたさっぱりとしたショートヘアと一緒で、性格のほうもさっぱりとしているようだ。

さっきの武器屋の店員といい、目の前の店員といい、人との接しかたがうまい。こちらとしては気楽でいいのだが。

「背中の武器から見て前衛、初期だと戦士ってところか、お兄さんステータスって見れる?」

「まぁ、できるが」

「お客の秘密を守るのも仕事のうちだよ。それに、ステータスを見たほうがしっかりとおすすめの装備を見繕《みつくろ》えるよ」

さっきの武器屋ではそういったことをしていなかったので、正直とまどったが、言われれば確かにと納得する部分もある。だが、情報は極力秘密にしておいたほうがいいような気がするので抵抗はある。

「少し待ってくれ」

「見てのとおり、開店初日なのに閑古鳥が鳴いてるから、気にせずゆっくりどうぞ〜」

のんびりと、本当に暇していると言っているようで、のんきに手首を振っている店員の姿を見る。信用するかしないかはおれの判断だ。それに、仮にもここは魔王軍傘下の店、おれの情報を抜き取っても意味があるかどうかなんて考えても、詮《せん》なきことなのかもしれない。

「こんな感じだ」

とまどって、悩んだが、結局は見せることにする。

いちおう持ってきた端末の診断アプリを起動、表示させたステータスのスキル部分だけ秘匿機能を起動して隠して、残りは見せることにした。

「へぇ、ダンジョンに入っていないのにこのステータスかぁ。研修のあいだよっぽどしごかれたみたいねぇ。これなら、うんうん」

じっくりと数字を頭に叩きこむように考えたあとで、端末の画面から離れた彼女の行動はすばやかった。

「これとこれと、あとはこれかなぁ」

縦横無尽、店の端から端まで品物の位置を把握しているからこそ無駄なく動きまわり、気づけばカウンターの上に、いくつかの装備セットの山ができ上がっていた。

「全部は買えないぞ？」

「わかってるよ。これはわたしのおすすめ。あとはあなたの好みが決める感じにそろえてあげたのよ」

そう言って、最後に見積書を出してくれるあたり、かなりの手ぎわのよさだった。

「左から順に性能が良くなっていくから、軽くて固くて動きやすいをコンセプトに色合いを合わせてみたよ」

だが、残念なことに、買えたとしても、左から三番目までが限界だ。それも、生活費という生命線をガンガンに削った結果だから、実質三番目も買えないと言っても過言ではない。

「きみのステータスを見たかぎり、耐える、動きまわる、斬る、の三拍子がそろったステータスって感じだったからね。動けてある程度の防御力、そして視界を遮らないって感じにしてみたよ。ああ、きみの武器からして、盾は付けるとしたら肩だからいちおう用意したけど、いる？」

確かに、おれのステータスは耐久値が群を抜けて高く、次いで持久力と力が高い。それに対して、敏捷のステータスは低い。回避を前提とした装備には向かないステータスかもしれない。

掲げてみせられたショルダーシールド、きっちりと値札を見て首を横に振ったおれは悪くないと思う。

装備はどれも長袖長ズボンの上下に、籠手《こて》、脛当、額当、胴というとりあえず要所をおさえた金属製の防具というコンセプトだ。

「いちおうわかっていると思うけど、付与はいっさいないからね。あったらこんな値段じゃすまないから」

付与、要は魔法的なサポートのことだ。

つまりは、素材を鍛えたのみの装備がここには並んでいるということ。それだけで一番右の装備は新車が買えるような値段なのだから、ガチな装備だと値段がどこまで行くのか逆に気になるところだ。

「試着はできるのか？」

「むしろしないでどうするのよ」

「そうだな」

とりあえず、安い順番から着ていくことにしよう。

サイズの問題もあるが、動きやすさや使いやすさも買うときの目安になる。

そして、観客一人のファッションショーが始まるわけなのだが――

「やはり高いほうが、使いやすい」

「力の入れ具合が違うし、そもそも素材の差があるからね。それは仕方ないよ」

――値段はあまり目安にならないというが、いいものというのは自然と高くなるのはどこも一緒のようだ。

「予算的にはどこまで行けるの？」

「ギリギリで、ここまでだ」

できればいいものを使いたいという人間なら自然にわく欲と、予算という名の理性が拮抗して決めるに決められない。そのためアドバイスを求めるように、ギリギリの本当に買えるレベルのボーダーラインを指さしてみせた。

「それなら、これが一番いいかしら」

「?」

それに応えるように店員が指さした装備に思わず疑問が出る。それは用意した装備の中で一番安い装備だった。

彼女は店員で、商売人だ。可能なら高いものを売りつけるのが商売人というものではないだろうか?

「最初からいいものを買って、それに慣れるとあとが大変よ。ケチって粗末な装備をつけるのもダメだけど、よすぎる装備もダメなのよ」

そう言われて見ると、たしかにそうかもしれない。いいものに慣れてしまうと人間は不便なものを避けてしまう傾向になる。

「それに、最初から高いものを売ると、あとから高いもの買ってくれなくなるじゃない」

「それは隠せよ!」

「いいのよ。わたしたちジャイアントはね、隠しごとが大嫌いなの。隠すくらいなら罵詈《ばり》雑言《ぞうごん》でののしり合ったほうが逆になかよくなれるくらいだもの」

だからよく喧嘩っ早い、野蛮な一族って言われるんだけどね、と、茶目っ気なのか、そう言う店員はカラカラと笑っていた。

思い返せば、背中に背負っている鉱樹を買った武器屋の店員も結構あけっぴろげだったような気がする。こういった物を作るのは器用なのかもしれないが、性格的には不器用な一族かもしれない。

「なら、これをもらうか」

「お買い上げありがとう!」

買ったのは、灰色の上下の服に鉄板が仕こまれている籠手、脛当、額当、胴だ。金属を使っている面積は少ないが、それでも防具としてはしっかりと作りこまれている一品たちだ。

「どうせなら、わたしと値引き交渉ができるくらいの常連になってよね」

「隠せよ」

「いやよ」

金を支払い、でかい紙袋に入った品物を受け取る。

店員と冗談を言い合える仲、そういった触れ合いが新鮮で、この親しみを覚える店員のいる店にまた来ようと思ったのは、異世界の住人だからだろうか。とりあえず、しばらくはこの店で買い物をしようと思う。

「いい素材が手に入ったら、売りに来てね。そしたら、店に並んでるものよりは安く作ってあげるから」

「おう」

店先まで見送ってくれた店員に手を振りながら別れる。

気づけば、背中には金属の塊、右手には大きな紙袋、重量的に昔なら間違いなく即座に帰宅を考える買い物量だ。

だが、生憎とまだ買わなければいけないものがある。

残高的に寂しくなった数字を考えながら、唯一空《あ》いている左手で冊子を開き、目的地に再び歩き出した。


「いらっしゃいませ、何をお求めで？」

まず最初に、顔色が悪いが大丈夫かと言いたい。

おれが来たのは道具屋だ。

ダンジョンの中では素材という、拾えば拾うだけお金になるものがたくさんあるのだ。

それを知っているのに、わざわざ武器だけ背負って、さぁ行くぞ、なんて考えられない。

そこで、素材をいれる丈夫なカバン、もしかしたら重量無視の魔法のカバンもあるかもしれないと淡い希望を抱いてやってきたわけだ。

だが、ドアを開けて店に入った瞬間、品物を整理していた今にも倒れそうな顔色をしている少女に出迎えられて、二の句が継げなくなってしまったのだ。

アルビノという体質があると聞いたことがあるが、それとは違って瞳は紫色で、サイドテールにした髪の色は色素の薄い金色なのだが、肌は白を通り越して青白い。

一般的な人間の少女に当てはめれば、決して重量のありそうなダンボールを持っていていい健康状態ではない。

「だ、大丈夫なのか？」

「？　何がですか？」

「いや、顔色が悪いみたいだが」

「ああ、わたしは吸血鬼なので、これが普通で、いたって健康なので、お気になさらず。せいぜいこのＬＥＤの明かりがまぶしいかなぁって思うくらいです。まぁ、それも、慣れれば平気になりましたが」

そう言ってダンボールを置くと、彼女はグッと唇を横に伸ばし、鋭い犬歯を見せてくれた。

それを見て、明るい場所にいる吸血鬼には違和感があるが、別に太陽光じゃないから平気なのかと納得することにした。

「それでお客さん、何をお求めで？　できればいま忙しいので、冷やかしならよそでやってほしいのですが」

武器屋の店員といい、さっきの防具屋の店員といい、この道具屋の店員といい、なんでこうもきっぱりと、客に対してものを言えるのかと疑問に思ってしまう。

だが、彼女の言うとおり、品出しでいそがしいのは本当らしい。

店のあちこちに積まれているダンボール、いちおう商品は棚に並べられているが、営業できるギリギリの状態だ。

「あ、ああ、素材を入れるカバンと傷薬を買いに来たのだが、大丈夫か？」

「ええ、素材を入れるカバンと傷薬ですね。カバンは普通ので？」

「いや、どういうカバンがあるのかわからないが、普通じゃないカバンもあるのか？」

「あなたの言う普通じゃないカバンの定義がわかりませんが、魔法の鞄《マジックバッグ》と言われる品物ならありますよ。重量無視と拡張の付与がされた鞄《バッグ》ですのでダンジョン探索には便利かと。残念ながらまだ品出しが終わっていないので、貴重品は倉庫の中から出さないといけませんが」

遠まわしに時間がかかりますと言われているのだろうか。こちらを見ず、持っているダンボールを脇に置いて、別のダンボールを持ってカウンターまで移動する。

せっせとダンボールから傷薬らしい塗り薬と、俗に言うポーションらしき黒い遮光性のある色つきの瓶をカウンターに並べる吸血鬼の店員。

「確認しますが、予算はいくらぐらいで？　うちの店の魔法の鞄《マジックバッグ》は一立方メートルの収容面積の腰につけるポシェットタイプが、最安値で二百万ほどになりますが」

どうやら彼女は、省ける手間はとことんまで省くタイプらしい。

あっさりと予算オーバーどころか、しばらく手が出せない値段を提示されては、淡い期待などあっというまに粉々にされてしまう。

それにしてもこの少女、商売っけが見えない。一見、それは商売人としておかしいかもしれないが、効率を重視する仕事人としてはまともな行動だ。

「ああ、それなら普通のカバンで、この剣に邪魔にならないようなやつはあるか？」

「……ああ、巨人族《ジャイアント》のハンズの店で買った固定具ですね。これなら、あれと組み合わせれば使えますね」

どうやら、あのジャイアントの店員の名前はハンズというらしい。少女は、さっと見ただけで、さっさと店の奥に引っこんでしまった。

そして、あっというまに帰ってきた。

「背負子《しょいこ》？」

それはホームセンターとかでたまに見る、薪《たきぎ》とかを載せるあれだ。

「素材といっても、大小さまざまです。それなら小さいものは小袋に入れ、大きいものはこの背負子に固定して運んだほうが効率的です。普通のカバンならあっというまに埋まってしまいますが、むき出しのこれなら載せかたしだいで、普通のカバンよりずっと多く収容することができます」

一緒に並べられた革製の小袋と紐を見せられる。

「つけかたは腰と肩で固定するので、その剣も固定具を調整すれば脇につけられますよ。あとは付属のケースを反対側につければ、薬も出しやすく持ち運べるかと」

訂正しよう、この吸血鬼娘、間違いなく商売人だ。

こっちのニーズと予算にざっと予測を立てて、効率的に必要なものを提示して、なおかつこっちの買えるギリギリの値段で攻めてきている。鞄と傷薬の二点でここまで品物を提示できるのはある意味すごい。少なくとも、小分けにできる小袋や固定用のロープ、そして傷薬を入れるケースなど考えもつかなかった。

「傷薬の値段はあとにして、合計してこれくらいになります」

そして、タイミングよく提示される電卓の数字は、必要経費だと割り切れるような値段だった。

「なら、それで」

ならばと購入することを決定するが、いまどき珍しいジャキンとお金のような音を鳴らすレジスターに、貯金が減ったことを自覚させられて少し気分が落ちる。

そんなおれの気分などお構いなしに、淡々と仕事をこなす吸血鬼店員は、背負子を脇にのけて、代わりにさっき出した薬をおれのほうに押し出してくる。

「わかりました。それと傷薬はどちらをお求めで？」

見るかぎり、飲み薬タイプのポーションと塗り薬タイプの軟膏みたいのがあった。

「すまないが、違いがわからないのだが」

「効果はたいして違いはありませんが、値段はポーションのほうが高いです。それに使いやすいです。戦闘中に飲んでよし、傷口に振りかけても使えます。逆に塗り薬は、文字どおり塗ります。なので、戦闘中には使いにくいかと」

「なるほど」

飲み薬は予想どおり名前はポーション。逆に塗り薬はそのままみたいだ。

用途は戦闘中用と、戦闘後用みたいだが――

「ちなみに、消費期限とかは？」

「ここに」

――蓋の部分を見れば、ポーション、軟膏ともに、きっちりと数字が書かれていた。こいつが消費期限か。

比較すれば、ポーションのほうが短いが、栄養ドリンク程度の消費期限はある。なので、まとめ買いして使い忘れなければその心配はないだろう。

　あと比べるとしたら持ち運びやすさだろうか。ポーションのほうは壊れやすそうだ。軟膏のほうは容器が肉厚だから逆に割れにくそう。両方に利点があって、考えれば考えるほど、どうするか悩む。

「ちなみに、それぞれ専用のケースとホルダーがあります」

　ポーションは三本ほどセットで穴に差しこみ、首の付近でバンドで固定し腰に巻くベルト式。軟膏のほうは、軟膏と一緒に包帯や別の薬を入れるような小さな救急箱だ。

　ちなみに、両方ともそれなりの値段はする。

　消耗品で、ある程度の量産はできているので、ファンタジー小説みたいに馬鹿高いわけじゃないが、ホイホイと買えるような値段でもない。

　電卓二台でそれぞれのセット価格が表示されるが、これも必要経費と考えるか、それとも死んでも大丈夫だから、怪我など無視して、傷薬を買わないでいくか悩む。

「今なら両方買えば、セット価格で安くしますよ？」

　悩んでいるところにささやくように、さらにもう一台の電卓で数字が一割ほど削られた合計金額が表示される。

「死んで、トラウマになったら元も子もないか」

　押しに弱いなぁと思い、さらに、ノーと言えない日本人ここにあり、と自覚しながらも財布の紐を緩める。

たとえ生き返ると言われていても、死ぬ痛みなんて経験したことはない。仮に死んで生き返ったとしても、精神的に傷が残らないとはかぎらないのだ。それに必ず死ぬともかぎらない。致命傷とはほど遠くても、戦闘には支障の出る傷などいくらでもある。

しかたない、と頭の中で言いわけしながら、この出費は必要経費だ、と割り切ることとした。

「この薬の効果はどれくらいまでだ？」

「骨折程度なら両方とも使用後数秒程度で完治します。ですが、さすがに体に穴が空《あ》いたり、腕が切り飛ばされたりするなどの欠損に対しては、せいぜい止血程度の効果しかありませんので気をつけてください」

充分だと判断できる。数秒のタイムラグで、最低限移動できるようになるとなれば、非常用としては充分な効果だ。

「ポーションは三本、あとホルダーも、軟膏は一個でケースと一緒に包帯も」

「どうも、では包みますね」

これでひととおりの準備は終わった。あとは部屋に戻って、ダンジョンに潜るだけだ。時計を見れば、十一時をまわるところ。昼食をとってそれから挑めば今日のノルマぶんは挑める。

「ありがとうございました。またのお越しを」

紙袋に入った品物を受け取って店をあとにしようと思ったが、挨拶だけすませてまた品出しに戻る彼女を見て、ふと疑問に思った。

「忙しそうだが、ほかに店員いないのか？」

せっせと動きまわるのは彼女だけ。店のサイズは通常のコンビニくらいの広さだが、それを彼女一人でこなすのは大変だろう。

「いませんよ」

「は？」

おれは間違いなく、間抜けづらをさらしているだろう。

「前任者が土壇場になって、人間相手に商売なんかしてられるかと逆ギレしてほかの店員もろとも国に帰ってしまったので、この店はわたし一人です」

なんだそれは、と思ってしまった。

「それで一週間前に急遽わたしが配属されたのですが、どういうわけか準備は何もされておらず、営業開始日をずらしてもらおうとしましたが、どうやら統括が前任者の親族らしく、失態を隠したいらしくて、営業開始日はずらせず、資材の手配だけであとはわたしに丸投げ、おかげでかれこれ六日徹夜していますが」

もう一度思う。なんだ、それはと。

呆然と立ち尽くすおれなど眠気覚まし程度の会話相手でしかないのか、彼女は変わらず店の中を歩きまわって品を出している。

「……手伝おう、これはどこに？」

「？　ええっと、向こうの棚にですが、何やっているんですか？」

「手伝いだ」

彼女の話を聞いて、おれはすぐに今日買ったものを脇にのけて、スーツの上着を脱いでダンボールを運んでいた。

「いえ、お客に手伝ってもらう理由がないのですが」

「そっちになくてもこっちにはあるんだよ」

伊達《だて》にブラック企業で働いていない。上司の無茶振りでサービス残業をした回数なんて数えきれない。自分でふった仕事なのに、不明瞭な点を聞いても自分で調べろと何も答えず、たいしたサポートもせず、おれの仕事はやったと定時を少しまわるころには帰っていた、部下に尻ぬぐいを任せる糞みたいな上司、それを思い出してしまった。

彼女の現状に思うところどころか、前の会社の上司の無茶ぶりを経験している自分を見ているようで共感してしまったがゆえの行動だ。

こんなもの偽善だとわかっているが、自分が経験した嫌なものから視線をそらして放っておくのはおれは嫌だと思ったがゆえの行動だ。

せっせと、ダンボールに貼られている伝票を見て品出しを行なう。

「あの」

「なんだ？」

「それ、二つとなりです」

「……指示をください」

「わかりました」

その行動にたいして、実際人手が足りないのか、それ以上言うだけ無駄だと思ったのかはわからないが、彼女は何も言わずに黙々と自身も作業をしながら、おれに指示を出し続けていた。

「とりあえず、終わりましたね」

「そうか」

ひととおり品出しは終わって、隅に置かれたダンボールは消え去っていた。

店内の棚にも隙間はなくなり、ようやく店らしくなった。あとはガラスケースの貴重品のみとなったので、おれの出る幕はない。

当の店員である吸血鬼娘はカウンターの中で伝票整理をしている。

ひと仕事終わったと、ネクタイをはずし、腕まくりした状態で端末の時計を見る。

「うげ、もう四時かよ」

「ですから、お客に手伝ってもらう理由はないと言ったじゃないですか」

「いや、まぁそうだけど……はぁ、初日から残業かよ。この会社、残業時間ないんだよなぁ」

こちらに顔すら向けず、黙々と伝票整理を続けながら彼女は答えてくれる。

一日最低五時間というノルマがあるので、これから挑んだとしても終わるのは九時過ぎになる。

自業自得。それに尽きる行動だ。

「まぁ、なんとかなるだろ。邪魔したな」

「いえ、勝手にやっていましたが、結果的には助かりました」

「店員さんが言ったとおり、勝手にやったことだよ。さてこれ以上長居するわけにはいかないから、行くわ。また買い物しに来るから、その時はよろしく」

早く行かなければ、へたをすれば日付が変わってしまう。

荷物を持って店を出る。

だが、トンと紙製の伝票をまとめ、整える音に足を止められる。

「現地での情報収集は、向こうでは当たり前の行動です。ですので、少々ダンジョンについて教えます」

振り返ると、カウンター越しに、彼女はこっちをじっと見ていた。

田中次郎　二十八歳　独身　彼女なし
職　　業　ダンジョンテスター（正社員）
魔力適性　八（将軍クラス）
役　　職　戦士

今日のひとこと

一期一会。
事前準備って大事だと思います。

7　初めての仕事って緊張しません？　あ、おれだけですか

「これが、ダンジョンか」

見渡すかぎりレンガ張りの通路、そして同じような光景が目の前に延々と続いている。

「体に違和感は、なし」

入口から入った途端に肉体が光ったのは焦ったが、これが体を魔力体に変える処置なのだろう。周りを警戒しながら、体を動かしてみるが特段おかしな感覚はない。

ダンジョンに入ってまだ数メートル程度、さすがにダンジョンモンスターとの接敵はしていない。

ならば魔力の体というものに早めに慣れておいたほうがいい。屈伸運動に始まり、とりあえずひととおり体を動かしておく。その過程でいつもと違うものを感じ取る。

空気が重いというか、いやに圧迫感があるように感じる。

「魔力が濃いというのは本当みたいだな」

研修時に、社内とは比べものにならないほど魔力が濃いと講義で言っていたが、まさか

感じ取れるほど違いがあるとは思わなかった。とりあえず、この空気には慣れるしかない。

「はじめに挑むなら、機王将軍のダンジョンがお勧めか」

深く、それこそ魔力を取りこむように深呼吸するだけで、いくぶんか雰囲気に慣れた気がする。

アドバイスどおりのダンジョンに来たが、よかったかどうかの判断は挑んでみないとわからない。

「うし、気合入れていくか」

軽く両頬をたたいてダンジョンへ踏み出す。


さかのぼること数十分前――

「はじめに挑むなら、機王将軍のダンジョンがお勧めでしょう」

「なんでだ？　そこが一番初心者向けなのか？」

「いえ、単純に効率と危険性を天秤にかけた問題です」

「効率と危険性？」

カウンター越しに呼び止められたおれは、道具屋の店員、吸血鬼少女に講義では聞けなかったダンジョンに関して教えてもらっていた。

「わたしもいちおうはこの会社の社員ですので、ある程度テスターの話は聞いています。

ずです」

噂、実際の訓練に立ち会った教師からの話、そして、こちら側の人間の性格、といろいろな話を聞いていましたが、おそらく、機王将軍のダンジョンが一番の穴場になっているはずです」

すっと指を立て、ひとつめと店員は続ける。

「まずはじめに、わたしたちが所属する不死王さまのダンジョンに足を運ぶ人間はいないでしょう。仮に入ったとしても、恐怖心で帰ってきてしまう。蟲王《ちゅうおう》将軍のダンジョンも同じ理由で除きます」

巨大な虫に襲われる経験なんてありますか、と聞かれれば、つい想像して鳥肌が立ってしまった。首を横に振れば、吸血鬼少女はそうでしょうと答える。

「加えて、この二つのダンジョンは今のあなたとは相性が悪い。装備を整えステータスを上げれば話は変わりますが、今は無理です」

不死者の軍団は単純に物理攻撃が効きにくい。蟲《むし》の軍団は繁殖性に優れていて単独で挑むには少々厳しいものがあり、種族的特徴で硬い個体が多いとのこと。

「次に、樹王将軍、巨人王将軍のダンジョンですが、あなたがたは人と争うことを知らない。見た目からして一番人に近い彼らと戦うには、まだ覚悟が足りないかと」

言われてみればそうだ。ただ戦うとなればできるかもしれないが、ダンジョン内では倒すだけではなく、殺さないといけないのだ。

それこそ、スエラさんに似た人とも戦うことになるかもしれない。

「顔色を見ればだいたいあなたの考えはわかりますので、今は落ち着いてわたしの話を聞いてください。この二つも除外します。それで残ったのは三つですが、竜王将軍は単純に龍の眷属で構成されたダンジョンなので、戦力の質はほかのダンジョンに比べて高いと言わざるを得ません。今のあなたが行っても、頭や腕を丸噛じりにされるだけです」

この吸血鬼少女は、人間という種族の不安をあおるのがうまいみたいだ。話を聞いていくうちに、だんだんと及び腰になってしまっている。

「それで、残った二つのダンジョンですが、おそらくテスターの大半は鬼王将軍のダンジョンに挑んでいるはずです」

「なんで、そう思うんだ？」

「単純な話です。人は未知を怖れます。知らないものに挑むよりも、知っているものに挑んだほうが簡単です。加えて、中間での合同研修で小鬼《ゴブリン》相手に圧倒できていたからですね」

まるで愚か者と言っているような彼女の言葉に、おれも参加した研修を思い返せば、確かにゴブリンの時は脱落者がそんなにいなかった気がする。崩れ始めたのはスケルトンの時からだ。それに、ゴブリン相手ならおれもある程度は圧倒できていた。

「それに対して、機王将軍のダンジョンにはほとんどのテスターは挑んでいないはずです。

未知の経験になりますが、邪魔されず効率的に挑むことができ、加えて機王将軍のダンジョンはゴーレムが主体で、個体数はゴブリンに比べるとかなり少なくなりますので、囲まれる頻度は減ります。質はそのぶん上になりますが、支給品を使っているならともかく、あなたのその装備を見るかぎり、調子に乗らなければ問題なく戦うことができ、危険性は下がっているはず」

なにより、と彼女は続ける。

「ゴブリンの戦利品より、ゴーレムの戦利品のほうが高値で取引されていますよ」

「それは、重要だな」

現金な話で、儲かると聞けば、人間の性《さが》なのか、さっきまで及び腰だったのが嘘のように前向きになっている。今日でかなりの出費をした身にとって、その情報はかなり効果的だった。

「だいたいこんな感じでしょうか、さっきの手伝いぶんの話はしたつもりです。信じるか信じないかはあなたに任せます」

それだけ言いきると、彼女はもう用はないといわんばかりに、視線をおれから次の伝票の束に移していった。

話してくれた内容は、ダンジョンの触り程度の話かもしれないが、事前情報のない手探りの状態のおれにとってはかなり貴重な情報だ。

「参考にさせてもらうよ。また来るな」

「またのご来店、お待ちしています」

時間も有限ということもあり、これ以上の長居は無用、定型句を背中に聞きながら店をあとにした。

そして売店に寄り、おにぎりで腹を膨らませ、携帯食と水を購入して、部屋で装備に着替える。

「コスプレには、見えないか」

姿見に映ったおれの姿は、街なかで見れば怪しく見えるが、しばらく着続ければ馴染むだろうと思わせてくれた。

「さて、初仕事に行くか」

装備一式を確認して、問題なければ、いざダンジョンへ。


そして現在に至る。

窓どころか、蛍光灯もないのに明るい道を進みながら十字路に出る。広さ的には鉱樹を振りまわしても上下左右ともに余裕がある。

戦うとしても、間合いには余裕が持てるだろう。

「ここは十字路っと」

そして、ノートに道筋を記載する。

やっているのはマッピングだ。書くときは壁を背にして周囲を見れるように書いているので、多少乱雑になってしまうが、自分がわかればいいのでとりあえず帰り道がわからないということはない。

カツン……。

「今、なにか聞こえたな」

気のせいかもしれないが、万が一の怖れがあるのがダンジョンだ。

油断するなと体の隅から隅まで、それこそ死ぬ思いで染みこませた。おもに教官たちが物理的に染みこませてくれたが、できればスエラさんみたいに優しく教えてほしかったよ。

ノートを閉じて、音を拾おうとして周りを見渡す。

「初戦闘ってか」

気づかれているかどうかはわからないが、とりあえず壁に身を隠し、向こうからは見えないようにする。

背負子《しょいこ》につけている鉱樹を手に取り、はずれろと念じると、ずっしりと手に重みが伝わってくる。

そっと壁からのぞきこむようにチラッと見えた影をうかがう。

距離感というものがあり、その中で目測というものがある。感覚でだいたいどれくらい距離があるかを予想するものなのだが――

「十メートル以上？」

――当然慣れていないおれには、正確な距離というのはわかるわけがない。なのでわかる範囲の推測になる。

昔からそれなりに目は良かったからメガネはかけていない。さらに魔紋でなんとなくだが視力が良くなった気もする。

おかげではっきりと数はわかる、見えるのは小さい人影二人と、成人した女性くらいの人影一人。小さいのはゴブリンよりも少し大きいくらい。

数的に不利、相手の情報はなし、挑むにしてはいささか無謀になる。

「もう少し近づいてくれないかねぇ」

距離があるせいか、うかがうように見ていては相手の詳細がわからない。

ソウルなのか、もしかしたらいきなりブラッドという可能性もある。

焦らないように慎重に観察をする。

だんだんと足音がはっきりと聞こえるようになってきた。ずいぶんと足音が軽く聞こえるところから、体重は軽いのかもしれない。

「手が武器になっているタイプのゴーレム、材質は木か？　ゴーレムっていうよりは、パペット（人形）とマネキンって組み合わせだな」

人の形はしているが、材質はパッと見は木、顔はのっぺらぼうのようにツルツルな肌にひとつ目小僧のように宝石がひとつ、まるで目のようについている。

「あれが弱点っぽいけど、狙うのは無理かねぇ」

こんな大きな獲物で、ピンポン玉よりも小さそうな部分を狙うのは難しそうだ。

観察しているうちに、距離は十メートルを切る。

「ヤバそうなのは中型か。両手が槍みたいに鋭いから、あれで刺されたらさすがにやばいな。最初にあれを狙って、小型のほうは我慢かねぇ」

マネキンタイプの中型は、物を持つことを前提とせず、攻撃することを考慮して肘から先が槍のように鋭くなっている。

マネキンタイプと違って、人形タイプは両手が木槌みたいな形になっている。おそらく、それで殴るようにできている。

小型が足元で暴れて、トドメが中型という形になる。

なら、核となる中型を先に倒したほうが戦闘としては安全だ。

逃げてもいいが、単独で徘徊している個体は少ないとのこと。それを探すよりは、ある程度、攻撃を受けることを覚悟して複数に挑んだほうが吉かもしれない。

あと一歩、もう一歩と距離をはかる。

木と石がぶつかり合うような乾いた足音。それが刻一刻と近づいてきて、つい、唾を飲みこんでしまう。

ゴクリ……と、思ったよりも大きな音が響いたと思ったら、体は気づかれたと判断して、とっさに壁よりはなれ、気づけばマネキンめがけて飛び出していた。

「**ドエォォォォ！！！**」

走り駆け寄ってからの下から突き上げるような横薙《よこな》ぎは、手元にミシリと木を砕くような感触とともに、中型のマネキンを上半身と下半身に断った。

「**メアァアアアアアアアアアアア！！！**」

返す刀で断ち割るように振り下ろせば、肩口から左右に分けるように小型を断つ。

残身。

アフターフォローをするように、すり足からつなぎ足を駆使し、残りの小型に身体を向けようとすると、それよりも先に空中に飛び上がっていた影を捉える。

「!?」

とっさに左手を上に掲げた。

籠手《こて》の鉄板と相手の木槌がぶつかり合い、左手の握り拳《こぶし》に力がこもる。

「猿叫《えんきょう》が効いていない？」

研修では、おれの叫び声はなんらかの反応を相手に引き起こしていた。それが注意を引くにしろ、驚くにしろ、怯えるにしろアクションが起きた。

それがない。

「……っち」

おまけに、生物なら即死なはずの胴体分離が、相手には通用していないみたいだ。縦に割ってみせた小型はすなおに魔力へと還っていったようだが、あのマネキン、下半身を失った程度では意味はないみたいだ。逆に腕を足に見立て動き始めた。

「テケテケかよ」

それを見て、日本の有名な異常に速く手で移動する妖怪を思い出してしまった。

「って、ふざけてる場合じゃないか」

おれの声はでかい、さっきの攻防でほかの敵をおびき寄せるかもしれない。

いや——

「追加か」

——もう来ていた。

数は四体、マネキンが二体、パペットが二体だ。

これ以上増援されたら、致命的だ。猿叫の使用は控えたほうがいいかもしれない。ぬるりと鎌首をもたげた弱音がおれに警告をしてくる。これ以上使えば、もっと敵を呼び寄せるぞと。

「ッカ、ようは、来る前に倒せばいいんだな」

だが、あえてその警告を切って捨てるように開きなおることにした。

それは致命的な判断だったかもしれないが、前の会社でもうだうだ言っているよりも、さっさと仕事をやっていたほうが効率的にこなすことができた。

後ろ向きな思考は笑い飛ばす。その笑いかたに、教官二人の凶悪な笑みが思い浮かぶ。

「負ける気がしねぇ」

あの二人と比べれば、勝機はきっちりと見える。

腹から活を入れるために、強がってみるが、案外この言葉は便利かもしれない。弱気だった気持ちが少し強気になれるような気がする。

弱気は捨てろ、危機を楽しめ、そして――

「笑え」

危機を笑って歩けてこそ、強者への道。あの二人の教官が、口をそろえて言った言葉だ。

ゆっくりと、肺と腹に空気を通す。

「**キイエイヤアアアアアアアアアアアアアア!!!!**」

溜めこんだ空気を開放するかのように、叫ぶ。

空気すら振動させそうなほどの声量をもってしても、相手は無反応。ただ無機質にこちらに歩み寄って、通常移動から戦闘状態に切り替えるかのように走り出してきた。

「ッカ!」

口からは、呼吸がこぼれたのかそれとも笑いがこぼれたのかわからない。

ただそれをきっかけにして、おれは駆け出していた。

剣道にこんな走って戦う方法なんてありはしない。あくまで剣道は心を鍛える武道、戦う術である武術ではない。

しかし基本として役立つ部分は確かにある。

駆け出している状態から、剣の間合いに入り、先制を取ろうとしてきたパペットをすり足で間合いを調整して、相手の攻撃が届かずかつおれの攻撃が取れる間合いを取る。宙を跳んできて、空を切ってみせたパペットを袈裟《けさ》斬りで切り捨てる。

剣道の足運びというのは理にかなっていると言われている。立体ではなく平面を移動する人間にとって、それをわかりやすく応用しやすいように形取った足運びが剣道で使われている。重心を落とし、地面を滑るように脚を運び、振り下ろされた剣を呼び起こすかのように、今度は逆袈裟斬りで下半身を失ったマネキンを切り捨てるかのように持ち上げた。

燕《つばめ》返し――かの有名な、佐々木小次郎の技だ。

振り下ろしからの即座の振りあげ、言うのは簡単だが実際使えるようになるのは決して簡単ではない。

新人研修期間でおれがやったことは多岐《たき》に渡る。その中で重点的にやったのがこういった武術の勉強だ。

やらなければただボコボコにされるだけのおれが、せめて一矢報いるために学んだものだ。

もちろん、専門の師匠がいない完全な我流だが、教官たちはおもしろそうにおれの努力を形にするために協力してくれた。

剣道にとらわれず、できることに手を伸ばした。その中で、まともに形になった技のひとつだ。

「っつ！」

足技もそうだ。剣だけにとらわれず、使えるものは使えと教えられた。

切り上げて宙に浮いたマネキンを、走り寄ってくる四体めがけて蹴り抜いてやれば、水平に飛んでいったそいつは、ボウリングでピンを倒すかのように相手を巻きこんでいった。

妙に切れがいいのは、幾度となく、それこそ体に染みこませるようにおれが受けた技だからだろう。

「追撃」

感慨に浸る暇など与えない。ただひとこと口ずさんで、おれは右肩に鉱樹を背負うように構え、蹴り飛ばしたマネキンに巻きこまれた相手めがけ襲いかかる。

「**メエェイヤァァァァァァァァァァァァ！！！**」

まとめて叩き切る。そんな気概で振り下ろした刃はマネキンとパペットを二体まとめて叩き割った。

ただ勢《いきお》いをつけすぎたせいか、刃が地面に突き刺さってしまった。

残っているのはマネキンとパペットが各一体。当然、機械的に動くやつらがこの隙を見逃すはずがない。

顔面にめがけ、木の槍が迫りくる。

「アアァァァァア！　イヤァァア！！！」

判断するよりも先に体が動き出す。

まず先に柄《つか》から手を離し、体を起こしながら左手の籠手で槍をそらし、右手で相手の顔を抱きこむようにこちらに引き寄せ。

「セエイヤァァァァア！！！」

膝で打ち抜く。

常在戦場、武器がなくては戦えないでは、あの研修をくぐり抜けることなどできない。

「リィィヤアアアアアアア！！！」

そして、返す刀、いや、返す蹴りで襲ってきたパペットを壁に打ちこんだ。

「リィイヤァァァァァァア！！！」

足の先から感じる、確かな体を砕く感触。

足を下ろし、周囲を警戒する。

その体のほとんどが魔力へと還り、残骸すら残さないその場は、最後に蹴り抜いたパペットが消え去ることで静寂を取り戻した。

きっちり、十秒間、足元に鉱樹があるのを確認しながら、周囲を警戒して追加がないのを再度確認し――

「つ、疲れた」

――いっきに緊張の糸が緩んだ。

いわゆる、ヤンキースタイルという姿で、その場にしゃがみこんでしまった。

「まだ、心臓がうるせぇ」

戦闘が終わって、緊張で縛りつけられていた心臓が解き放れたかのように速く、脈動している。

ポケットをあさり、取り出したものの上のほうを慣れた手つきでトントンと叩けば、細いものが飛び出してくれる。

あとはそれをくわえて火をつければ――

「あ、禁煙してたんだ」

――きっちりと肺まで吸いこんでから、おれはその事実に気づいた。

つまりは禁煙失敗。癖というのは恐ろしいものである。

「また、禁煙しなおしかよ」

あきらめて、この一本は吸いきろう。

初めてのダンジョンで緊張したから、と言いわけを誰にするわけでもなく、頭の中で考えながら床をみまわす。

いわゆる、戦利品とやらを探しているのだ。倒した体が残っていないということは、全部がソウルだったということだろう。それなら一部、何かが残っているはずなのだが……。

「ビー玉、なわけないよな」

赤紫色の小さなガラス玉のようなものが、倒した体数ぶん、きっちりと転がっていた。

どうやらこれが戦利品らしい。

くわしいことはダンジョンから出てからじゃないとわからないが、とりあえず小袋にまとめておくとしよう。

「さて、まだ時間はたっぷりとあることだし、ゆっくりと慎重にやるとしますかね」

ノートを取り出し、戦闘で移動したぶんも記載して、そのまま奥に進んでいく。

吸いきったタバコは、ちゃんと携帯灰皿に入れました。


「こんな当たりは引きたくはなかったねぇ」

のぞきこんでうかがっている先は広場になっており、マネキンが五体とパペットが三体、今までよりも明らかに数が多い敵がいた。

そしてなにより――

「あれが、ゴーレムかねぇ」

——さらにその奥のほうに、たたずむように動かない一体がやっかいだ。

マネキンと比較するからこそ、その巨体が目立つ。動きはしないが、あそこで戦いを始めれば間違いなく襲ってくると言わんばかりに待機する巨体。

初めて戦う相手なら、できれば一対一がいい。

さらに言うなら、念入りに準備してから挑みたい。

「時間もいいころあいだ。ここで引き返すとしようかね」

ダンジョンに入ってから、かれこれ三時間は経過している。マッピングをしているから、ここで折り返せば、ダンジョンを出るころにはいい時間になるだろう。最初の戦闘から何回か戦っているから、戦利品もそれなりに貯まっている。

今が引き時だ。

ザ……体が動いたのは、運がよかったからなのかもしれない。まるで踏みこんだ時のように、床が擦れた音に反応して、おれは前に飛び出していた。

「形が違う!?」

振り返りながら鉱樹を抜き去る。

背後から襲いかかってきたのはマネキンだ。

前を注視していたからこそ背後の注意が散漫になっていて接近を許してしまったのだろ

うが、今の問題はそこではない。

「角つきって、ブラッドじゃないよな？」

額からは、まるで指揮官と言わんばかりの角《つの》が生え、両の手は突くための槍ではなく薙ぐこともできる剣のような形になっている。

なかば願望も混ざっている言葉であったが、十中八九ソウルではなくレア種のブラッドであろう。仮に違うとしても、今はそれよりも、頭の中ではどうやって状況を打破するか思考を優先する。

「やるしかないかねぇ」

チラリと背後を見れば、ほかのマネキンもパペットもこっちに気づいている。

そして――

「そりゃぁ、敵がいれば動くよなぁ」

――悪いことは重なるという。

のそりと、背筋を伸ばすようにその巨体を起こすゴーレムの姿も、しっかりと見えていた。

ここで動かなければ対勇者用のダンジョンとして問題だと報告書に記載できたのだが、こっちの都合よく動いてくれるわけがなかった。

前門のゴーレムに後門のブラッド、そしておまけに多数と、囲まれている時の定石と言えば……。

「こういう時は」

前にいるマネキンブラッドを——

「数を減らす！」

——無視して、倒しやすいマネキンとパペットに襲いかかる。

鉱樹を横倒しにして、まわれ右して駆け出す。そのまま集団の中に飛びこみ乱戦に持ちこむ。

だが、相手は慌てることを知らない無機物集団、多少の誤作動程度の時間しか稼げなかった。充分とは言わないが、その時間を活用して活路を切り拓くしかない。数度の戦闘でこいつらの特徴のいくつかは捉えている。

「**メアアァァァアアァァァァァ！！！**」

それを軸にして数を減らしていくしかないが、手間取れば——

「っつっ！　**ダアアァァァァラァァ！！！**」

——数に押しつぶされる。

ほかのマネキンが突き出した槍の手が保護をしていない右肩にかすった。その痛みで一瞬止まりそうになる。だが、止まれば囲まれる。

教官たちの指導の賜物か、それがわかるゆえに歯を食いしばり、痛みを紛らわせるように気合で無理やり体を動かし、その場にとどまらないように駆けまわる。

長剣という間合いの長さを活かしながら一合、一合、打ち合い、切り伏せ、防ぎ、走り、立ち位置を入れ替えながら、相手を削る。

その結果が、実を結ぶ。

「ハァハァハァ」

肩で息をしながら残っている個体を視界に収める。

様子見など関係ないと言わんばかりに無尽蔵の体力を見せつける二体が、軽快な足音と重低音の足音を響かせておれに向かってくる。

ゴーレムとマネキンブラッド……どうにかほかは切り伏せることができたが、壁ぎわに追いこまれ、走りまわって大立ちまわりをしたせいで、体力はだいぶ削られていた。

「ひと息くらい、つかせろ、よ、な！！」

受けにまわってはいけない。この状態で受けにまわったらそのまま押しつぶされる。

一歩だけ前に踏みこんで再度打ち合う。鋭く切れる斬撃と、重く押しつぶす打撃、この組み合わせにおれは想像以上に苦戦していた。

当たれば一撃で致命傷を与えられるマネキンブラッドをおれは集中的に狙っているが、そのたびにゴーレムが盾になってマネキンを逃がしてしまう。

なら、ゴーレムを倒したいが、やつは硬い。鉱樹で斬りかかったが、腕の部分が若干削れる程度の傷しか残らなかった。全力で斬りかかれば話は違うかもしれないが、全力で鉱樹を振りまわすには、今度はマネキンのほうが邪魔なのだ。

たがいがたがいのカバーをきっちりしている。

その姿を見ていると――

「嫌味かよ！」

――まるで、単独《ソロ》で戦っているおれに見せつけるような行動で、ついイラッときてしまう。敵相手に嫉妬しても意味がないが、少しよけいに斬撃に力をこめる。

打ち合う音が少し大きくなりながら、相手の観察を続ける。戦った感想では、単体なら間違いなく倒せると判断できる。

その予想と違い、現実は膠着状態まで持っていかれ、おれの体力はどんどん削られていっている。

「おれも、仲間が欲しいなぁ！」

結論、現状勝てない。

あとの祭りとは知っていたが、現実は厳しい。

心情を叫びながら鉱樹を振り、マネキンブラッドを斬り払いで距離を取らせる。

そこから、さらに打ちこむ――

「三十六計、逃げるにしかずってね！」

――ように見せかけて、近くの通路に飛びこむ。

細かく移動しながら打ち合って、ようやくつかみ取ったチャンスだ。走ってもと来た道を逆走し、逃走を開始する。

ゴーレムの足は遅い、というよりおれのほうが移動速度は速い。

それこそマネキンよりも速く走れば、おれは逃げ切る自信があった。

勝てないなら逃げる。当たり前の判断だ。走りながら、ある程度の時間がたって背後を振り返ってみる。

「まぁ、追っては来ないよなぁ」

いつしか、足音は聞こえず、背後にいた影は見えなくなっている。

欲を言えば、ゴーレムを引き離して、マネキンブラッドだけついてきてほしかった。

だが、良くはないが悪くない結果だ。

「状況判断ができるってことは、間違いなくあれはブラッド、この情報だけでも儲けものとしておこうか」

荒くなった呼吸を落ち着けるために、背負子を下ろし壁に寄りかかる。

「傷、手当しないとな」

あの集団に挑んだんだ。当然、無傷なわけがない。体じゅうのあちこちを切り傷や打ち身で痛めている。その中で特に両腕の傷がひどい。たびたび胴体や顔に攻撃を受けないために、籠手を防御に使ったからだ。

正直言えば痛い。

「ポーション、ケチらないほうがよかったかねぇ」

この程度なら大丈夫、もう少し大丈夫、とポーションの使用を控えつづけた結果がこのざまだ。鉱樹を壁に立てかけ、背負子から軟膏を取り出して傷に塗ると、淡い緑色の光を放ち始める。

「つぅう、染みるなぁ、おい」

傷薬というものはそういうものかもしれないが、もう少しファンタジー的に塗った瞬間に痛みもなくパッと治してほしいものだ。

「買ったばかりなのに籠手が傷だらけだな」

治療するにあたって邪魔だったのではずした籠手を再度つけるさいに、自然と新たについた傷が目につく。

部屋に帰ったら磨いてやらねばと思いながら、装備するための金具を締める。

「九時半、少し時間をオーバーしたけど目標は達成できたな」

正直、さっきの治療で集中力が途切れた感覚がある。

傷は治って呼吸も整っているが、もう一回戦闘状態まで持ちなおすのは時間がかかりそうだし、危険地帯で一人で戦うというのは、思いのほか体力を消耗するものだと理解した。

「ああ、結構悔しいものなんだな」

さっきの戦いで勝っていればこんな気持ちを抱かずにすんだかもしれないが、それはおれの準備不足が招いた結果だ。

今日は思いのほか自分が負けず嫌いだと再確認し、初めての仕事（ダンジョン挑戦）を終えるのだった。

田中次郎　二十八歳　独身　彼女なし
職　業　ダンジョンテスター（正社員）
魔力適性　八（将軍クラス）
役　職　戦士
ステータス
力　45　↓　力　54
耐久　62　↓　耐久　83
敏捷　28　↓　敏捷　33
持久力　45（マイナス5）　↓　持久力　55（マイナス5）
器用　36　↓　器用　41
知識　33　↓　知識　33

直感　8　↓　直感　10
運　5　↓　運　5
魔力　50　↓　魔力　50
状　態　ニコチン中毒
　　　　肺汚染（中）

今日のひとこと

なにごとも初めての仕事っていうものは、うまくいかない。
その経験を次回に活かせるように努力するのが重要だと思い出しました。

8　仕事を覚えるには少なくとも年単位で時間が必要では？

ダンジョンに初めて入ったあの日からかれこれ一週間、おれはあれ以来あの広場には近づかず、コツコツと地図を広げながらステータス向上をはかっていた。

あれからなんどもステータス更新を行なったが、努力したぶんきっちりと成果が出るのはやはり気持ちがいい。

その上がる量が多いのか少ないのかは比べる相手がいないからよくわからないが、現状おれは満足している。

ここ一週間の努力の成果でステータスは上がり、ウッドキッド（小型のパペット）と、ウッドパペット（マネキン）相手に余裕が出始めている。

余裕が出てくれば出費が押さえこめ、効率が上がるので利益が増える。嬉しいことだが、すべてがうまくいっているわけではない。

肝心の課題である、仲間、パーティメンバーは見つかっていない。

あの時のウッドゴーレムとブラッド種のウッドパペットを相手にしたとき痛感した問題

が、まったくと言って解決していない。

どこのメンバーもすでに固定メンバーが決まっているらしく、こちらから仲間に入れてくれとも言いづらい雰囲気である。年齢差という名のジェネレーションギャップは意外と深刻だったかもしれない。

それはさておき、月曜日となったわけで、こうやって週末に仕上げた週一の報告書を提出しにスエラさんのもとにきたわけだが、休み明けの月曜日だからか、それともまた別の理由があるかは知らないが、スエラさんはなにやら元気がない様子だ。

「はぁ」

しかし、美人は、ため息をつく姿もさまになると実感しています。

憂《うれ》い顔のスエラさんに挨拶をすべく、近づく。

「おはようございます、スエラさん」

「次郎さん、おはようございます」

報告書片手であるので、おれの要件はすぐに伝わり、書類を受け取ってくれ、スエラさんはその場でさっと目を通してくれる。

「問題はありませんね、ご苦労様です。引き続き、この調子でがんばってください」

本来であれば、書類確認は終わったのだからこのまま立ち去っても問題ないのだが、さっきの様子が気になってしまう。

「昨日も仕事だったんですか？」

だからだろうか、立ち去らず、その場にとどまり雑談をふってみる。

「ええ、まぁ、そうですね」

「休日出勤とは大変ですね」

なんとも歯切れの悪い返答だ。よほど言いづらいことなのだろうか、また、教官たちが無茶をしたのだろうか？　だが、あの時の必死といった切迫感というものが感じられない。

「経験則ですが、あまり働き詰めだと追い詰められて落ちこむだけなので、無理はしないでくださいね」

「お気遣いありがとうございます。大丈夫ですよ、今日は早めにあがりますので」

笑っている。その裏はわからないが、笑えているうちはまだ大丈夫だろう。

人間、追いこまれると笑うこともできなくなるのだ。もしかしたら作り笑いかもしれないから、裏のほうを探るとするか。

「そうですか、おれにできることなら手伝いますので」

「助かります。でしたら今度、なにか頼むことにしますね」

社交辞令と少し好感度を上げたいという下心からくる言葉であったが、藪をつついていないか少し不安になる。だが、とりあえずはこれまで、とスエラさんに挨拶してから、オフィスをあとにする。

「で？　なにか心当たりはないか？」

「見てわからないのですか？」

あらましの概要、スエラさんが休日出勤をして元気がないことを話すために先週末までの戦利品を売りがてら道具屋による。

ここ一週間で雑談する程度の仲になった、吸血鬼店員ことメモリアにふってみたが、回答はそっけなかった。

ここには、ダンジョンに入る前に必ずと言っていいほど消耗品を補給しに来ているからわかるが、変わらず閑古鳥が鳴いている。

その店内のカウンター内でていねいにビー玉サイズの宝石、魔石を鑑定しているメモリアは、ルーペをのぞきこみながらこちらに見向きもせず、相変わらず淡々と答えを投げ返す。

「わからないから、聞いているんだが」

「この店の現状を考えれば、おのずと答えは出てきますよ」

「答えって、おれ以外の客がいない、閑古鳥状態で何を察しろって」

「まさに答えを言っていますよ」

鑑定が終わったのか、万年筆でサラサラと書き上げた見積書片手に、そっとメモリアはこっちに寄ってくる。

「合計して、五千四十円でよろしいですか？」

「時給九百円にもならない額だなぁ……それで、答えっておれ以外に客がいないのと、閑古鳥状態どっちのことだ？」

最初のほうでこれぐらいの額ならむしろ稼いでいるほうらしいのだが、この額の六割はこのあと消耗品代として消えるので稼いでいるという気がしない。

「両方です」

「両方って……だめだ、よけいにわけがわからなくなった」

金を受け取り、今度はおれが店内の品物を買い物かごに入れながら買い物をしていると、その後ろを棚の整理をしながらメモリアがついてくる。

今さらながら、黒い作業用エプロンをつけ、白のワイシャツにスラックスというオーソドックスな吸血鬼の店員とは珍しいのでは？　今は関係ないことだが。

「単純に考えればわかることです。閑古鳥、客がいない。すなわち、テスターが少ない」

「……テスターが減っている？」

「そういうことです」

この店を利用するのは基本テスターだけだ。そして客はおれ一人だけで、時間帯のせいかもしれないが、この店でほかのテスターと出くわしたことなんて数える程度しかない。

それも週末にいたっては、まるで会っていない気がする。

「考えていたより、いえ、この場合は思ったよりでしょうか、大変な仕事のようで、続けられないかたが続出し退職する、そんなことが多いらしいですね」

ようやく話はつながった。

嫌な予感というものはよく当たるという。

おれの予想を裏づけるように、メモリアは肯定の言葉を返した。

要は、仕事が大変だから、思ったよりおもしろくなかったから、という理由でテスターを辞めていったやつらが多いということだ。

この会社は特殊だ。

世間一般に公開できないような経営をしているせいか、情報関係の管理はきちんとしている。すなわち、退社するにあたっても、触り程度の情報すら外部に漏らしてはいけないのだ。それの措置に追われて、スエラさんの部署は休日出勤をしていたのだろう。

「ファンタジー世界に身を置いても同じことが起きるんだな」

「向こうでしたら生活を放り捨てるような行為ですので、わたしからしたら考えられませんね」

身勝手な都合でかってに仕事を辞められたら、迷惑がかかるのはほとんどが残った側の人間だ。私事都合だとしても、納得できる理由とできない理由では、処理する側の精神的疲労に大きく関わってくる。

ゆえに、面倒な、とあふれるように悪態をついてしまった。

「悪態をつくなら、もっとはっきり言ったほうがスッキリしますよ」

「そこは悪態はつくな、とか、せめて人目につかないところでつけ、とかだろう」

「吸血鬼ですので」

「吸血鬼関係ないだろう」

思わず出た悪態に、彼女はたしなめるのではなくあおるように言い、さらにはその言いわけが種族特有だというものだから、思わず笑いがこみ上げ、煮立った鍋のような怒りは少し収まったように感じた。怒り自体は残っているが、腹を立てるほどではない。

「それと、辞めたテスターの中には、無断欠勤をしてそのまま音信不通になったかたがいたようです。おかげで緊急処理班が出動、人事部は徹夜です」

しかし、となりの吸血鬼店員はその鍋に、新たな焼け石を投入した。

「加えて、人員の減少による増員計画も前倒しでやるみたいです。おかげで人事部はしばらく残業ですかね」

「なぁ」

「はい?」

「一店員が、なんでそこまで裏事情にくわしいんだ?」

「酔いつぶれた人事部のダークエルフのかたが、店じまいをしようとしていたうちを居酒屋だと間違えて愚痴っていきましたが？」

「ファンタジーぃぃぃぃぃぃぃ！」

大事なことなのでもう一回言おう。

「ファンタジー、しっかり仕事しろ」

さっきの怒りはどこへとやら、代わりに、居酒屋のカウンターで上司や仕事に対する愚痴をこぼすスエラさんの姿が想像できてしまった。

完全に酔いつぶれて中ジョッキ片手にカウンターにつぶれるサラリーマンか。気持ちはわからんでもないが、店は間違えるなよ。

買い物かご片手に、頭痛をこらえるような姿勢で、いきなり変なことを言っているおれに疑問符を浮かべるメモリアに不安要素を確認する。

「ああ、すまん。おれのイメージが少し崩れただけだから。それで、そのダークエルフは」

「はぁ、大変ですね。ダークエルフのかたですか？　男性でしたので、あなたが思っているかたではないと思います」

どうやら、おれの想像した心配はなかったようだ。さすがに、その手のイメージブレイクは避けたいところだ。

「そうか、ならいいんだがな」

しかし、彼女の仕事が大変なのは変わらない。

「差し入れでも持っていくか」

「その前に会計をお願いしますね」

わかっている。だから、こっちを見ずに手を差し出すな。

料金はわかっているからすなおに四千円を差し出すけどな！


翌日、おれは朝早く外出をするために、装備でもスーツでもなく、私服に袖を通していた。今までタンスの肥やしになっていたが、さすがに会社の外に出るのに、スーツはともかくあのコスプレとしか見られない服を着る気はないので引っ張り出してきた。

そのままダークエルフの寮母に外出届を出して、部屋の鍵を預け、ひさびさに社外に出たのだが――

「って、妙に体が重いな」

――さっそく、違和感が出た。

気持ち悪いとか、気だるいといった感覚はいっさいないが、動かす感覚が鈍く感じる。

昨日もダンジョンに潜ったから疲れが残っているのか。

「午後には戻って、ダンジョンに入るつもりだったけど、今日は休んだほうがいいかねぇ？」

自分で思っているよりも疲れているのかもしれない。

鈍い以外に違和感のない体を動かし車に乗りこみ、さっさと目的地に向かうべく車のキーをまわす。一カ月も放置していたのにもかかわらず、すなおにエンジンがかかってくれたことに感謝し、これからたびたび使うことを検討する。

「えっと、目的地はと」

スマホで目的地を調べ、そのままナビモードにする。

駐車場を出て運転していると、通学路と重なり、わりと早い時間帯のせいか学生服をきた高校生くらいの学生たちが通学していく姿が見える。

「ああいったやつらが召喚されてしまうのかねぇ」

半年も前のおれだったら、そんな話は小説の中だけだろうと鼻で笑い、それよりも仕事を片づける方法を考えただろう。

それが、紆余曲折《うよきよくせつ》して神隠しのひとつの正体を知ってしまったのだ。赤信号の待ち時間のあいだだったが、ああやってバカをやる学生たちがふとした拍子で別の世界に飛ばされてしまうのだ。世の中は小説よりも奇抜にできているのかもしれない、と考えているうちに、背後からクラクションを鳴らされてしまう。

「おっと、青だ」

信号が切り替わったことに気づき、再び走り出す。

そのまましばらく走れば、目的地に着く。

「マジか」

その目的地を見れば、すでにたくさんの人が店の前に並んでいた。都内のおすすめのケーキ屋で検索した結果がこれだ。

近くのコインパーキングに車を駐めて歩いてきたが、時間は八時前、しかも平日だ。それなのにこれだけ並んでいるというのは、どれだけ人気があるのかうかがうことができる。

「想定が甘かったか」

ケーキだけに？　と、うまくもないギャグを考えながら、自分の予定の甘さを嘆く。

異世界といっても相手は女性、甘いものがいいと思っておいしい店で検索し、人気の店だからそれなりに早く出れば、平日だし大丈夫だろうと油断していた。

「仕方ない、並ぶか」

今日はダンジョンには入れないかもと、頭の中で予定を組みなおして列に並ぶ。

結論――おれはしばらく、〝人気〟と名のつくケーキ屋には並ばないだろう。

「三時間待ちとか、これが普通なのか？」

ほかの店を知らないからなんとも言えないが、少なくともこれ以上並ぶ店は、遊園地とかにあるフードエリアぐらいじゃないだろうか。

並び始めて開店まで一時間、さらにそこから二時間となれば、いくら最近鍛えていたとしても体には響く。

運動とは違った疲労感を感じながら帰社したのは、お昼も手前の時間帯、フルーツがたっぷり入ったロールケーキを渡すにはちょうどいいのかもしれない。私服のまま会社に入るというのも違和感があるが、社員証も財布の中にあることだし、問題はないだろう。

部署の人数ぶんを考えて五本も買ってきたためか、大きめの箱が二つと、ケーキの買い物にしては多い。

駐車場から社内へ、そしてエレベーターに乗って目的の部署がある階のスイッチを押す。

エレベーターから降りれば、そこは——

「戦場？」

ダークエルフや悪魔の怒号が飛び交い、書類の束を持った小鬼《ゴブリン》たちが右往左往して走りまわり、パソコンをのぞきこんでいる吸血鬼が片手間に書類をさばき、陣頭指揮を取るように中央で念話と声で指示を出すエヴィア監督官がいた。

納期間近の修羅場を彷彿《ほうふつ》とさせる光景が目の前に広がっていた。

誰もが忙しく、ケーキ片手に私服姿のおれがすごく場違いなような気がした。

「処置部隊に連絡しろ！」

「もうやってるよ！　県外のほうへのルート予測、出てるか！」

「ハラヘッタゴブ」

「モウミッカナニモタベテナイゴブ」

「A班に三十分の休息を。代わりにB班を動かせ。記憶処置のためにリッチを呼び出せ。場所は第三処置室だ。どうせ、あそこのダンジョンはいま閑古鳥が鳴いている。徘徊しているやつを適当に引きずり出してこい！」

「この書類があっちで、あの書類を用意して、決済印をもらって」

「書類が一枚二枚三枚四枚五枚……一枚足りない？」

いちばんゴブリンのところが平和そうだが、彼？　彼女？　どっちかわからないが、走りまわっているところを呼び止めるのもどうかと思う。

いちおう、スエラさんのほうを見れば、彼女も電話対応でどこかに連絡を取っている。

「ええ、ではお願いします」

だが、タイミングがよかったのか、ちょうど電話が終わった。

「大変そうですね」

「次郎さん、どうしたんですか？　報告書なら問題ないですが、なにか……もしや!?」

擬音で示すなら、ワシッ！　だろうか。

大変そうだが冷静さを保っていた表情が一変、何に思いいたったか、二の腕あたりを捕まれ、逃がしてなるものかと鬼気迫るような意思を強く感じた。

「じ、次郎さん、あなたも、もしかして辞めるとか!?」

スエラさんの声で、なぜか修羅場がシーンと静まり返ってしまった。

「え？　いや」

「どこに問題がありましたか⁉　福利厚生でしたか⁉　給与面ですか⁉　仕事場の環境ですか⁉　はっ‼　もしや、人間関係ですか⁉」

視線が突き刺さるとはこのことだろうか。多種多様のファンタジー種族のかたがたがおれたちの、というより、スエラさんがすがりつき、傍から見るとおれを説得しているようにしか見えない様子をじっと見つめる。

「そ、そんな、唯一の成果が……」

視線による針のムシロ、端的に言えば居心地が悪い。

ゆえに何を言えばよかったのかわからず黙っていたのだが、かえってその態度が悪かったのか、スエラさんはずり落ちるように崩れ落ちてしまった。

私服姿のせいで辞めると思いこんでしまったのだろうか？　最近退職者が増えているらしいから、どうやら勘違いさせてしまったようだ。

タイミングが悪かったのかもしれない。少々、罪悪感にさいなまれながら、とりあえず誤解を解くために、当初の予定どおりさっさと渡してしまおう。

「えっと、大変そうだったので、差し入れを」

周りの空気に圧迫されながら、ロールケーキをダークエルフに差し出す人間なんておれが初めてじゃないだろうか？

「差し、入れ？」

「はい、疲れた時には甘いものがいいと思って。みなさんで食べれるようにケーキを買ってきたのですが……足りますかね？」

最初見たときは少なくともゴブリンはいなかったので、二十人くらいが食べても余る量を買ってきたのだが、現状を見ると、逆に足りるかどうかわからないほどの人数になってしまっている。

とりあえず、おずおずと手を差し出してきたので、その上にケーキの入った箱を載せてみる。

「……もしかして、甘いもの嫌いでした？」

あまりにも無反応だったので、甘いものが嫌いであるかとも思ったが。

「ふむ、〈ジュエルム〉のロールケーキか、意外とセンスがいいな」

「監督官」

横から持ち上げるように、エヴィア監督官はスエラさんが手に持っていたケーキ箱を受け取り、箱に描いてあったロゴを見て感心したように頷いた。

「直接渡したスエラはともかく、この量では足りんな……よし、各自仕事がひと段落したものから食べてよし！　仕事の遅いものには残さん！」

止まっていた時計が動き出すかのように、オフィスは再び騒がしくなった。

そんな光景を無視するかのように、除菌ティッシュで手をぬぐったエヴィア監督官は、指先に魔力の刃を作って、ひと切れぶんを確保し食べる。食べ歩きの学生みたいな食べかただが、その仕草はなぜか優雅に見えてしまう。

「うまいな。次に持ってくるときは、もう少し静かに持ってこい」

「は、はい」

如才なく場の空気を入れ替え、立ち去っていく姿は正しくできる上司だった。

「あの、辞めないんですか？」

「辞める理由がないんですが」

「はぁぁぁぁぁ」

脱力という言葉が似合うため息を吐いて、ようやくスエラさんは起き上がってきた。

「寿命が三年くらい縮みました」

それは、ダークエルフ流のジョークだろうか。エルフという種族は長命で、中には寿命がないという説もあると聞いたことがあるのだが。

「なにか、騒がせてしまってすみません」

「いえ、わたしも勘違いしてしまって、すみません」

「その、甘いもの大丈夫ですか？」

「ええ、嫌いどころか大好きですよ。それにこちらの甘味は食べる機会が少ないのでこういった差し入れは大歓迎ですね」

監督官と同じように、指先に魔力の刃を作ってロールケーキを切り分ける。

「ああ！　スエラずるい！」

「なら早く仕事を片づけることです」

それを見て向かいの席のダークエルフの女性が叫ぶが、どこ吹く風のスエラさんはさらりと受け流し、魔法で取り皿とコーヒーを引き寄せた。

「せっかくですし、いかがですか？」

「お言葉に甘えます」

近くの空席の椅子を引き寄せ、コーヒーを受け取る。

時折感じる恨みがましそうな視線は、無視の方向で対処するとしよう。

Another　Side

ほう、と彼が雑談とともにコーヒーを飲み終わり、少々騒がしくなったが、おおむねなにごともなく立ち去って、思わずため息を吐いてしまう。

「すえら〜」

「なんですか、ケイリィ」

「惚れた？」

「ゴホッ⁉」

てっきりケーキを食べれなかった恨み節のひとつやふたつが出てくると思い、軽く受け流そうと構えていたが、予想の斜め上を行かれた同僚であり同じダークエルフのケイリィの言葉でむせてしまい、コーヒーが気管に入ってしまった。

「ほうほう、その反応を見るかぎり、脈はあるのかな？」

「い、いきなり何を⁉」

「いや、この前ロイスの誘いを〝忙しい〟のひとことでバッサリ切り捨てていたから、てっきり男には興味がないんだなぁって思ってたけど、なるほど、彼がいたからかぁ」

「もう、残業になっても知らないわよ」

からかうケイリィの言葉をどうにか流して、仕事にとりかかる。

「残念ながら、もう目処《めど》は立っているから大丈夫なんだなぁ、これが」

だから逃がさないわ、と笑う、付き合いの長い友人にため息を吐いてみせる。

「あなたになくても、わたしにはあるの」

だから邪魔しないで、と言うつもりだったのだが。

「ふむ、きさまは興味がないとしても、向こうはどうかわからんぞ」

「エヴィアさま」

コーヒー片手に現われた上司（エヴィアさま）は普段の態度と見た目に反して、悪魔らしく人を弄《いじ》るのが大好きで、こういった話には目がない。

そして鼻が利く。

「この報告書を見るかぎり、仕事もできる。機王の話を聞くかぎり、やつの行動はかなり参考になっていると聞いている」

片手に彼の報告書を持っているのは、絶対に偶然ではない。こっちの様子を察知して、話に混ざるために用意したに違いない。

「そうですか」

裏がなければ喜べた話であるが、この人の話に裏がないということはほとんどない。

悪魔というのはそういった種族だ。

「そうつれなくするな。最近、やれ仕事が辛い、割に合わない、体調が悪い、あげくに逃げ出して後始末もしない人間の惰弱さには辟易していたところだ。そこに朗報と言わずとも、明るい話題が出たのだ、休憩がてら上司の話に付き合うのも悪くはないと思うのだがな」

笑顔でどうにか話を打ち切ろうと短く返したが、通じるとは思っていない。

明るい話題、それはわたしのことだろう。

逃がす気はないと笑顔で語るこの人に逆らっていいことは絶対にない。実力的にも立場的にも、そして、人を転がすことに関してこの人の右に出るかたは存在しないとまで言われている。

気づいたら、すべてを告白していてもおかしくない状況で、へたに抵抗するよりもある程度話して、ダメージを減らすほうが上策。

向かいの席の友人は、心強い味方を得たと言わんばかりに満面の笑みです。

これは覚悟して、挑まなければ。

「あの、仕事があるのですが」

せめてもの抵抗で、わずかな可能性にかけてみる。

「ふむ、さすがに部下に残業を強いるわけにはいかない……か」

てっきり、問題ないのひとことで切り捨てられると思ったが、意外と好感触な反応に心浮かばせる。さらに、一瞬考える素振りを見せるので、思いのほか簡単にことが進むかもしれない。

「そこに暇をしているやつがいる。今の仕事の半分をやらせろ。そうすれば、わたしと話す程度の時間は取れるだろう」

「え!?」

だが、どうやら淡い期待であったようです。時間をつくるために友人が生贄《いけにえ》に捧げられただけで、最初の予想どおり逃げ道はないみたいです。

さっき仕事に終わりが見えた宣言をした友人ケイリィには、エヴィアさまの魔法でわたしの机にある書類の半分がその机に移動させられた。顔は、見ないでもわかります。きっと、楽しもうとしていた笑顔が固まっているだけでしょうから。

「これで余裕はできたとはいえ、現状忙しいのは事実だ。よって、まわりくどいのはなしだ」

まぁ、それはわたしも一緒でしょうが。たらりと垂れる冷や汗がわたしの心内を表わしてくれる。

「さぁ、わたしを楽しませろ」

そこからわたしは洗いざらい、出会ってからの一ヵ月と少しにあった出来事をすべて吐かされた。

面接の時に見た最初の記憶から、彼のどこかひねくれているが真面目な性格に触れ、研修で努力する彼のひたむきな姿や、鬼王さまや不死王さまに挑む勇敢な姿を見せつけられ、なんど見惚れたことか、治療するたびに笑顔でお礼を言ってくれる時にわたしの胸は温かくなっていたことなど、すべて、話してしまった。

「ククク、やはり、ダークエルフの恋バナほどコーヒーに合うものはない」

おかげでエヴィアさまの希望どおり楽しませることはできたが、わたしの心情は穴があったら潜り隠れたいと思うほど顔が火照《ほて》っていた。

向かいの席で仕事をしながら聞いていたケイリィなど、悪魔だ！　と、何を今さらと言わんばかりの感想を言っていた。

こちらの必死の抵抗など、児戯だと一笑され、まさに無駄な抵抗と言わんばかりに根掘り葉掘り聞かれてしまった。

「まだ、恋とまではいかないが、気にはなっているか。青い果実、いや結構、存分に堪能させてもらった。スエラ、おまえは案外、ダークエルフにしては男を見る目はあるみたいだぞ」

ここまで機嫌のいいエヴィアさまを見るのは久しぶりだが、できれば当人ではなく他人《ひと》事《ごと》で眺める位置でいたかった。

ダークエルフは種族柄、色恋に淡白である反面、一途で情熱的でもあるのだ。

興味のない相手には常にそっけなく、友好以上の感情を決して抱かない。だが、逆に狭い範囲に一緒にいて興味を抱くに値する異性が現われたら、それこそ速さの違いはあれど、底なし沼にはまるように意識をずらせない。なので、悪い男に引っかかったダークエルフが悲惨な結末を迎えたなんて話は、聞きあきるほど事欠かない。

エヴィアさまの、男を見る目があるとはそういうことだろう。

「いい休憩になった。礼を言うぞ」

「はい」

そう言って立ち去るエヴィアさまに冷静に返事をしたが、それとは裏腹にわたしの両手は熱を逃がすように両頰に当てられ、しっかりとわたしの手のひらは熱を伝えている。

褐色の肌でも隠せないほど、おそらくわたしの顔は赤くなっている。

加えて、ここはオフィス、わたしの席はエヴィアさまに近いためか中央寄りの配置だ。

そのため、チラリチラリと通り過ぎる同僚に事欠かない。

当然さっきまでの話を盗み聞く同僚にも事欠かないということ。

中には、そっと親切にその場から離れてくれる同僚もいたが、娯楽に飢えた、晩婚一族のダークエルフは絶対に耳をそらしたりはしない。

公開処刑だ。

思考もグルグルと空まわりを繰り返し、最終的にはこの場にいることができないほど顔が熱いことがわかる。

もはや、仕事が手につくわけがない。

一瞬、なにか悟るように熱が引いて冷静になれた。

その間《ま》を逃さず、手早く机の仕事をまとめ持ち上がる。

「ス、スエラ？」

「お願いしますね？」

「え、でもこれ」

「オ・ネ・ガ・イ？」

多分、わたしは今、人を殺せる笑みを浮かべているだろう。

だが、構うことはない。

いや、構うことはできない。

「はい、やらせていただきます」

書類の束を、ケイリィに押しつけて、冷静にオフィスをあとにしたら
「！！！！！！！！！！！！！！！！！！！！！！！！！！！！！！」

「よう、スエ……ばへら!?」

きっとさっきの冷静さは嵐のまえの静けさだったのだろう。

今まで我慢していた羞恥心を少しでも晴らすように、声にならない叫びを上げながら、魔力を全開にして走り出す。

「ロイスが轢《ひ》かれた！」

「おい！　誰か担架もってこい、担架！　壁にめりこんでやがる！　おい！　そこの巨人族《ジャイアント》のやつ、誰でもいい！　引き抜くのを手伝え！」

「おいやべぇぞ！　なんか変な痙攣してるぞ！」

途中誰かにぶつかった気がするが、そんなことを気にしている余裕はない。
可能であれば、この噂が立ち消えるその日まで、部屋に引きこもりたかった。

スエラ・ヘンデルバーグ　二百十歳　独身　彼氏なし
職　業　MAO Corporation（魔王軍）　人事部テスター課　主任
魔力適性　六（副将クラス）
役　職　精霊魔法使い

今日のひとこと
二百十年の歳月を経て、恋というものを知りました。
ですが、できればこういう形で自覚したくはありませんでした。

9　仕事は慣れ始めが一番怖い、そう思いません？

「メエイヤァァァァァァァァァァ！！！！」

ウッドパペットを唐竹割りで両断してみせると、燕返しの要領で――

「ドゥウゥウエエイヤ！！！」

――十文字に切って、確実に仕留める。

「そろそろ、いけるか？」

そこに、最初に感じていた脅威は感じない。徐々に力がついているのは自覚していたが、さっきの戦闘は思いのほかうまくいった。傷らしい傷も受けず、最初は苦戦していた一対多戦も、今では位置取りに気を配れば、一対一に持ちこめる感覚は備わってきている。

驕《おご》るな！　と、この姿を教官たちに見られたら言われそうだ。

「明日は金曜日、ちょうどいいか」

だが、それでも挑みたいという気持ちが出てくる。

なんども書きなおし、ようやく地図らしい形になった紙には、機王のダンジョンの第一層のマッピングが描かれている。すべてではないが、あの広場の奥以外は完了している。

「どう見ても、あの先に奥につながる道があるよな」

でなければ、ダンジョンとして成立しない。

ダンジョンに入り始めてかれこれ三週間、ランキング順位は初めて張り出された週より見てきたが、当然、ランク外だ。個人で挑むおれよりも、集団で挑んでいるメンバーのほうが成果はいい。

だが、不思議とどこのパーティも挑んでいるダンジョン、この場合、鬼王のダンジョンの第一層を攻略できていない。

どれほどの差があるかは明確ではないが、少なくとも追いつけない差ではないのは確かだ。

「少し、無茶をしてみるか」

虎穴に入らずんば虎子を得ず。

最初の逃走から、苦手意識とは少し違うかもしれないが、避けていた傾向は自覚している。

あそこ以外のマッピングを終えたのは、いいきっかけだろう。

「挑むとしたら金曜日か」

ならばと、覚悟を決める。

夢の週休二日、土日を基本的に休みにしているので、あすの金曜日に少し無理をしたとしても翌週には影響しないだろうと考え、スケジュールを組む。

その間《かん》も、魔石を拾う手を止めたりはしない。小袋の中には、すでにジャラジャラと音を鳴らす程度の魔石は貯まっている。

「なら、準備しに戻るとするか」

時間もいい具合に過ぎ、明日に備え、今日はこれで辞めるとしよう。


無事ダンジョンから脱出できたおれがやることといえば、報告書作成という名の仕事以外だと、武具防具の手入れと晩酌くらいだ。われながら無趣味な生活を送っているが、前みたいに家に寝るために帰るみたいな生活と比べれば、だいぶまともになったと思えてしまう。

「おまえ、痩せたか?」

そして、現在相棒となっている鉱樹の手入れをしているのだが、まるで人に向けるような語り口になってしまうのは仕方ない。

かれこれ使い始めて三週間、買った当初の姿は今では影も形もない。成長するとは聞いていたが、はたして面積が減ることは成長と言えるのだろうか。

「見た感じは、でかい包丁だよなぁ」

包丁もさすがにここまで細長くはないが、柄《つか》を伸ばして、でかくて少々細い包丁刃をつければ、今のおれの武器になりそうだ。

最初は光沢があった灰色の刀身も、今では少し黒ずんでいる。それが、汚れという雰囲気の色合いではなく、徐々に深く染まっているという雰囲気なのが成長しているということだろう。近い雰囲気で言えば、フッ素加工したフライパンの表面みたいだが、同じ調理器具でもそのたとえはないか、と刀身を磨く手を止める。

魔蚕という魔物が吐く糸で作られた布で磨いていた表面は綺麗だ。

「魔力を流せって言っていたが、これでよかったのかねぇ」

最初の鉄板長剣からしてみれば、だいぶ進歩したように見える。変化の兆しはしっかりと見えているからいいとは思うのだが、成長が止まれば、めでたく高価な鈍《なまくら》が完成するわけだ。

子供の成長を心配する親ではないが、やはり金をかけたぶんの心配はしてしまう。

「魔法なんて使えないから、属性魔力なんて送れないし、ステータス確認アプリの要領で魔力を流しているんだが」

武器屋の店主のハンズにも聞いてみたが、本当に過去の記録がほとんど残っていないらしく、どうやればいいかは完全に手探り状態だ。たいていは途中であきらめ、庭先に植えてしまい、そのまま放置というパターンらしい。

鉱樹とひとくくりに言っても、人間と同じで成長もまちまちで、目に見える速度で成長する時もあれば、千年単位で成長する時もあるらしい。

「できれば、おれが生きているうちに頼むぜ？」

さすがに、数百年や数千年単位で成長を見届けることはできない。

買った手前、きっちりと成長した姿は見ておきたいものだ。

「もう少し、磨いておくかね」

止めていた手を再度動かし、ていねいに磨く。

もはや禁煙をあきらめて、タバコを吸いながらの手入れは、灰を武器や防具に落とさないように注意してていねいに磨き上げる。

「頼むぜ、相棒」

武器とは命を預けるもの、とは誰が言ったことやら。

その夜はそのまま眠くなるまで、手入れを続けていった。


早朝、地下施設の道具屋で背負子《しょいこ》に荷物を詰めこんでいく。

「今日はやけに買いこみますね」

「ああ、今日は少し奥のほうに挑んでみようと思ってな」

「なるほど、それでですか」

「なんだよ、いやに含みがあるな」

いつもどおりの冷たい反応、いや、これはこれで慣れたら味があるが、初対面では客商売の対応としてまずいと思う。買いこんだ回復剤に傷薬、ロープに大きめの布、手投げの斧に短刀、保存食に飲料水、鍋に調味料、もはやどこにサバイバルに行くのだと言いたくなるような装備だ。

まぁ、挑むのはダンジョンだから、この準備に間違いはないはずだ。

「いえ深い意味はありませんよ、ただ」

「ただ?」

店に入ってからずっと、妙に赤いティーカップ片手に応待していたメモリアは、ソーサーにカップを置き、スっと視線をこちらに向ける。こういった時の彼女は、わりと重要な情報をくれる。こっちも買った荷物の整理をいったん止めて、向き合う。

「慎重なのは結構ですが、石橋も叩きすぎて砕かないように注意しましょう、とだけ言っておきます」

「今回は、えらく抽象的だな」

普段であったらもう少し、というより、情報は少なくても、具体的に教えてくれるのだが、今回は注意しろと遠まわしに言っているのはわかるが、逆に言えばそれ以上のことがわからない。

「あなたならこの意味をわかってくれると思っていますので、この程度の言葉ですんでいるのですよ」

「忠告は感謝しておくよ。だが、できればもう少しわかりやすくしてくれよ」

常連なんだからさ、と言うと、今度は言葉の代わりにため息をついてくれた。

「背負えばわかります」

今度はきっぱりと、まるでできの悪い教え子に仕方なく答えを教えるかのように、視線を合わせずに言ってきた。

「なるほど」

その言葉に従って、ある程度まとまっている背負子を背負ってみれば、その理由がわかった。

「動きにくいな」

「そうですね」

「戦いにくいな」

「加えて言うなれば、おそらくその半分は使わずに失うでしょうね」

肥大化した荷物は強化された肉体にとってはたいして重量を感じさせないが、視界や遠心力、動いた時の雑音、それらを加味すると、今までと比べてだいぶ動きにくいものになっていた。さらにメモリアの言葉に、戦闘中、荷物を捨ててゴーレムに叩きつぶされる道具の数々が想像できてしまった。

「……返品は」

「受け付けませんのであしからず」

スーパーでもレシートを見せれば返品ができるのに、この商店はできない。異世界格差をこんな地味な部分で感じたくはなかった。

「……仕方ない」

まぁ、幸い保存のきくものばかりなので、ゆっくりと消費していけばいいだろう。

チラリと、整理されたガラスケースのほうを見れば、多種多様な小さなウエストポーチが並べられている。魔法の鞄《マジックバッグ》だ。値段は軒並み高く、安いのでも二百万を超える。

「第一層で稼いで、あれを買うとなると、どれくらいかかるのやら」

「三年はかかりますね。進めば進むほど稼げるようになりますので、そこまでかかることはまれですが」

容姿と性格から見て意外と思うかもしれないが、彼女は律儀なのだ。

一番安いカバンを見ていてこぼした言葉に反応して、ざっと見積もってくれたのだろう。

一日の稼ぎがだいたい多くて五千円、少なければ千円を少し超える程度。平均すれば二、三千円といったところだ。月から金の五日間を働いたとして、だいたい二十日勤労、三千円と見積もって月六万円、年間七十二万円。だいたいこれを買うのに、三年を見通さなければいけないということだ。それも全額貯金にまわしたとしての仮定だ。

本来だったら、これに諸経費、消耗品やら食費やら整備費、新規装備の購入のための積立金、こんな感じで雑費を引いていけば、おれがダンジョンに入って稼いだ額など残るわけもない。あくまで歩合制の金だけで計算しているのだから、基本給の給料をまわせばもっと早くためこむことができて買うことができるだろう。

「しばらくはコイツが相棒かね」

仕方ないと思いながら、ここ数週間で慣れた感じになった背負子を見下ろす。

「似合っていますよ」

「皮肉か？」

「……？」

「マジだった」

背負子に向けての相棒発言は、ある意味浪費を抑えるために自身へ向けた自重の言葉だった。なので、彼女の言葉もつい皮肉かと思ってしまったが、純粋に賞賛の言葉をおれに送ってくれていた。

その反応に、つい照れくさくなり、照れ隠しに手早く背負子を背負う。

「行くか」

「お気をつけて」

いくつか小分けにして、普段よりも少し道具が増えた程度、動きに支障が出ない程度に準備をすませ、残りは部屋に置くことにし、メモリアに、おうと短く返事をして、本日のダンジョンチャレンジは始まった。

「よう、また会ったな」

ダンジョンに入り、潜入は順調に進んでいた。

ウッドパペットやウッドキッドを切り捨て、途中水分補給を挟んで、前よりも早く広場についた。

そして固定配置されていたのだろうか、それとも運良く、いやこの場合は悪いのか、見覚えのある両手が刃になっているウッドパペット、ブラッド種のウッドパペットが立ち塞がった。

そして同じように、のそりと中央に鎮座していたウッドゴーレムもその巨体を起こし始めている。

前みたいに慌てて構えるような真似はしない。

ゆっくりと、余裕を持つように構える。

カタカタカタと前よりも数を増やしていくパペットとキッドたち。そしてズシンとその巨体を起き上がらせたゴーレム――

「さぁて、リベンジと、いくかぁぁぁっァァァ!!!!!!」

——だが、開戦の狼煙はおれが上げる。

最初は奇襲でいっきに片づけることも考えたが、わりとその考えはすぐに消えた。効率的に考えれば、単独であるおれは奇襲で数を減らし、少しでも危険を減らさなければいけない。

仕事でもそうだ。量の仕事ほど、手間のかかる仕事ほど、効率というものを考えなければいけない。いかなる手順を踏んでいけば早く確実に終わるかを考えれば、時間の余裕も体力的余裕も精神的余裕もできる。

軽く剣を振るうだけで相手が消し飛ぶほどおれが非常識に強いならともかく、一撃で倒せるようになった程度の強さで、こんなふうに多勢相手に真正面から敵と切り合う行為など非効率きわまりない。

「だけどな!」

それでも——

「男にゃぁぁ!」

——こっち(正面から)を——

「やらなければいけないことがあるんだよぉォォォォォォォ!!!」

——選択する!!

選んだ理由など、愚劣きわまりない。最初に言ったとおり、リベンジだ。

いわゆる男の意地というやつだ。そこに奇襲という言葉を挟みたくなかった。

ただそれだけだ。

前回で背を向けて逃げたこと、それを正面から打ち破って挽回したい。ただそれだけの男の小さな意地がおれを突き動かしていた。

飛びこむようにウッドパペットの群れに突っこんだあとは乱戦だ。切り払い振り下ろし突いて殴って蹴って受けて避けて投げ飛ばして防いで、時々襲いに来るブラッド種のウッドパペットとウッドゴーレムに注意を向けながら、次々に雑魚《ざこ》を屠《ほふ》っていく。

「メイヤアァァァァァァァァァァ！！！！！」

残骸が地面に散らばり、そのすべてが魔力粒子になる空間を突っ切る。

そのまま体を左に傾けながらの変則的な振り下ろしで、最後のウッドパペットを始末するのはいとも簡単だった。

「さてと、前と同じ状態まで持っていったぞ」

息は切れていない。

力の入れ具合、どうやったら体が疲れないか、どうやったら余分な体力を使わず効率的に威力を出せるか、ただそれだけを気をつけていた成果だ。

ダンジョンでなにより恐ろしいのは体力切れだ。動けなければ単独であるおれはすぐにやられる。さらに、いざ挑もうにもへとへとでは全力で戦えず負けてしまう。

「次は、わかってるよな？」

ベストではないがベターな状態での戦闘、おれの中で想定していたよりもいい状態で挑むことができた。あとは言わずもがな、ゆっくりと剣先を持ち上げ構えてやれば、待つ必要もないと言わんばかりに、残った二体は軽快な足音と重低音の足音を響かせて襲いかかってきた。

「すぅ」

深く息を吸いこむ。

「**キイエイヤアアアアアアアアアアアアア！！！**」

空気を震わせるつもりで、腹の奥から叫び声を上げる。この動作はおれに気合を入れるだけの動作だ。

先頭を走り駆け寄ってくるのは、恐怖心などと縁もない無機生命体のブラッド種のウッドパペットだ。

当然おれの猿叫《えんきょう》に怯まず、こちらに刀身となっている腕を振り上げ振り下ろしてくる。

だが、それよりも先に鋼の塊がその腕を切り飛ばした。

「ようやく、おまえの驚く姿が見れたな」

叫ぶとき、人間はもっとも力が出ると言われている。

踏みこみと同時に叫び、横に気合とともに薙《な》いだ鉱樹は、見事にやつの刀身を中ごろから断ち切った。その衝撃にヨロヨロとあとずさる姿は、人間がありえないものを見たときに起こす行動のようでおかしくなり、口元が釣り上がる。

それに合わせるかのように、鈍く震えるような風切り音と共に、おれの胴体ほどある腕が振り下ろされた。

「いや、おまえら、か」

成長していると思った。

実際、数字では格段とは言わずとも、研修時と比べればダンジョンに入ってからのおれの成長具合はかなり良くなった。

そして、その成果がこれだ。

「まさか、余裕で受け止められるとは思わなかったわ」

隙を突いたつもりだったのだろう。実際、横に振り抜いた姿勢のおれを狙って殴りかかってきたのだから、場合によってはかなり危なかった。

しかし、結果は違う。

刀身の腹で受けるように柄を上にし、右手は添えているだけ、それだけでウッドゴーレムの巨体から打ち出されていた拳《こぶし》を受け止めていた。

「まさか、おれが物理法則を無視する側に入るとは思わなかったよ」

重量差から考えても吹っ飛ばされるのが目に見えているはずなのに、実際は受け止め、じわじわと押し返している始末。魔力という代物、魔紋の力とは物理法則を無視するための代物らしい。

「それじゃぁ、確認も終わったから」

知りたかった。おれがどれくらい成長したか。

数字では成長しているのは知っていたが、必死になって避けていた相手の腕を叩き切り、受けずに避けては叩き落としていた腕を軽く受け止められるようになり、ようやく実感した。

「勝ちに行くぞ?」

疑問形だが、おれにとっては宣言だ。

一瞬力を抜いて、すぐに相手の巨体を押し返す。

「ああああああああああああああああああああああああ!!!」

そして、わずかにできた隙間を利用して十全に遠心力と体重、そして魔力をこめた鉱樹を振り抜いた。

前に打ちこんだ時は、その巨腕に受け止められた。

だが——

「くっ」

――漏らした声は、苦悶ではなく、喜悦。今度はきっちり断ち切った。

口元がつり上がっているのを再度自覚しながら、断ち切り、脇に落ちていく腕を一瞬だけ見送り、すぐに視線を前に向ける。

関節部分を狙ったとはいえ、ウッドパペットよりも倍以上も太い腕を切り飛ばしたのだ。それを成し遂げた自分を褒《ほ》めてやりたい。

だが、それよりも――

「ドゥエエエエエエエエエエエエエイヤァァァァァァァ!!!」

――ダンと地面を踏みこみ、さらに三倍近くある胴を切り飛ばしにかかる。

「綺麗に切れるもんだ!!」

二百万もかけた甲斐があるといま実感した。

ステータスの成長もあるが、鉱樹の成長も著しかった。

下半身だけを残し、ウッドゴーレムの上半身は切断面に従って横にずり落ちていく。

振り抜くつもりで、全力で振った結果がこれだ。

「ドッセイヤァ!!!」

そして自然にずり落ちるのを待つつもりはない。追撃でがら空きになった胴体に蹴りを打ちこみ、そのまま踏みこんでいく。

「一体目」

床を踏み砕くつもりで前へ進み、顔面に思いっきり鉱樹を突き立てる。

宣言をするつもりもなく、ただただ確認作業で、人が痙攣を起こすように一回はねたら魔力の粒子へと変貌した巨体から視線をそらす。

「さてと、タイマンといこうじゃないか」

身体的にこちらがかなり有利。だが、油断しないようにじっくりと確実に仕留める。

構えを中段から上段へと移し、闘気というより殺る気、元素記号にはない魔素という成分に、自分で生成した何かをつけ加えて相手に向ける。

もうすぐ間合いだ。あと一歩踏みこんで、適度に力を入れたこの一太刀をウッドパペットに振るえば、この戦いは終わる。

緊張か興奮か、心臓が高鳴るのがわかる。

まだだ、まだだ、と逸る気持ちを押さえこむように間合いを測り——

「**エイイイイイイイエエエエエエエエン！！！**」

——ピタリとここだ、という感覚が足元から頭に伝わるよりも早く脊髄が反応していた。

しっかりと未来が見えるようなイメージについていくように、おれの体は動く。相手は防ごうとしている。残った腕をあいだに挟ませるように掲げているが、スっとまるでケーキを切るかのように滑らかに振られた一刀は、腕ごと胴体を斜めに断ち切る。

それだけで、この攻防は終わる。

残身を決めるように間合いを離し、様子をうかがうが、いっこうに動く気配はない。

「ふぅぅぅぅぅぅぅ、三十手前でこの緊張感は体に堪える」

戦闘状態を解除する時の感覚は、いっきに脱力するような感覚でいまだに慣れない。いくら魔紋で体が強化されているといっても、やっていることは命のやり取りと変わらない。たとえ死んでも蘇《よみがえ》ることができるとわかっていても、一カ月や二カ月そこらで体に馴染むわけがない。

周りをみまわせば、床に散らばるように魔石が転がっていて、そこに一体、胴体分離したマネキンが置かれているだけだ。

「増援はなしと、くぅぅぅ、タバコが体に染みるなぁ」

戦《いくさ》のあとの一服、スイッチの切り替えにちょうどいいタバコは、おれに禁煙をやめさせるのに充分な誘惑を備えていた。

タバコをくわえながら、周囲を警戒してブラッド種のウッドパペットだったモノに近づく。

「これ、どこを持ち帰ればいいんだ？」

単純に言えば細身の成人男性程度のサイズ、これを持って帰ることは可能だが、仮にも人サイズ、重量的にも持ち帰りたくはない。

「しまったなぁ、メモリアにどこが売れるか聞いておけばよかったな」

ファンタジー的に考えれば、売れる場所と売れない場所があったりするのだが、段取りの失敗、行程を全部終えて終わったあとのことを考えていなかった。

「とりあえず今日は、全部持ち帰るか」

わざわざ聞きに戻って取りに来るなんて、二度手間をするわけにもいかない。

幸い背負子はほぼ空で、魔石も第一層に見合って小粒がメイン、スペース的にも重量的にも余裕はある。

「丸めこむように固定すればいいかねぇって、なんだこの音？」

しゃがみこんで初めて気づいた。アナログ時計が針をすすめるような乾いた音。

「や」

ヤバイとは続けられなかった。

できたのは顔を庇うことだけ。

「ゴホ、ガハ、油断、した」

爆発の音のあとに体を打ちつける感触。そしてひんやりとした冷たい温度が最後に伝わってくる。あまりの痛みに、体が動かない。

頭は打っていないが、代わりに手足の先はしびれるような感覚が走り、全身のいたるところに火傷のひりつくような痛み、そして全身を打ちつけた打撲が、次の行動を起こさせなかった。

「自爆とかありかよ」

痛みを紛らわせるように愚痴をこぼすが、内心では合理的だと思っている自分がいる。

生命体ではないゴーレム系統に許される戦法だ。もはや戦闘で役に立たない状態まで追いこまれた無機物の兵隊、感情もないからためらいもなく自爆できる。

それは、体を残すブラッド種ならではの戦法だった。

「爆発源は、魔石か？」

熱は感じたが火薬とは違う。フシオ教官が使った爆発魔法に似た感触の衝撃で、だいたいの原因はわかる。

「っつ、研修以来だな、こんなズタボロになるのは」

打ち身にやけどに手足のしびれ、ところどころに擦り傷と怪我のオンパレード。骨には異常は出てないのが幸いだが、すぐに動けるかと言われれば、無理だと答えられる状態だ。

そして現状分析をしても、体が痛みなく動いてくれるわけではない。

とりあえず手足のしびれと痛みを無視して起き上がるが、結局は歪んだ背負子に寄りかかるようにすわるのが精一杯だ。

「ポーションは、全滅だよなぁ」

ガラス容器に入っている液体であるポーションは専用のケースに入れていたが、すべてさっきの爆発で割れて使い物にならない。

「うわ、軟膏も割れてやがる」

手軽な治療手段がダメとなると、今度はもうひとつのほうを確認するが、分厚いガラス瓶に入ったジェル状の軟膏も、悲しいことに真っ二つに割れていた。

それでも使える部分があるのはありがたい。

「ポーションまみれの包帯でも傷に効くかねぇ」

続いて取り出した、ビタビタにポーションをしたたらせる変色した包帯を見て顔をしかめるが、ないよりマシだし、使わないという選択肢はない。

薬品関係が全滅で、頭の中で完全に赤字確定だと数字が流れていくことでさらに気分が下がりながら、黙々と軟膏を体に塗りつける。

体じゅう軟膏でべとつきながら、手の届かないところを除いて塗り終え、包帯を巻き終えるころには、動ける程度までに痛みが引き、回復していた。

そんなところを見れば、さすがファンタジー製の薬品と感想を抱く。

寄りかかった背負子から体重を離すように立ち上がってやれば、動けることが実感できる。少なくとも骨が折れているような感覚はないことに安心する。

加えて――

「おまえがほとんど無傷なおかげか、混乱せずにすんでお兄さんホッとしてるよ。まぁ、あれぐらいの爆発で二百万がポッキリ逝《い》ってたら、店に殴りこみにいっていたかもしれないがな」

ゆっくりと歩いて別方向に吹き飛ばされていた鉱樹を拾い上げれば、今のおれとは正反対に綺麗な刀身を維持していた。

営業とかしていると、まれに不良品を売りつけられるという話を聞くことがあるが、それとは違うことにホッとする。

さすがに武器を失って丸腰になって格闘戦だけで脱出する自信は今のおれにはない。

「さて、次はと」

武器が回収できれば、あとは余裕があるうちに動かなければならない。

爆散した人形には目もくれず、代わりに見るのは周囲に散らばったものだ。

「唯一の高価買取の可能性があったブラッド種は自爆。ウッドゴーレムの魔石はパペットよりも少し大きい程度。まぁ、どう見ても採算合わないよなぁ」

痛みを我慢して拾い集めた革袋の中は、一見宝石袋のように綺麗だが、価値的にはビー玉の詰め合わせと大差ない。

少なくとも、今日の収穫では背負子の被害ぶんにもならないだろう。

「さて、問題は進むか戻るかの二択なんだがなぁ」

体は薬のおかげで動けるといったレベルだが、万全とは言いがたい。

帰り道は幸い地図が無事だから問題なく帰れるが、最短で二時間は覚悟しないといけない。それも戦闘を最小限で抑えた状態で、ある程度体が動くという条件がつく。

次の層に進めば、入口には脱出用の装置があるらしいのだが、ここから先は未知の領域だ。十分後に終わるか、三十分後に終わるか、はたまた、帰り道よりも長い時間がかかってしまっては本末転倒だ。

せめて、あの時の自爆にもう少し対応できていれば話は違ったのだが……。


「ったく、うだうださっきのことを悩んでいても時間の無駄か、とりあえずほかのやつらが来る前に移動するか」

思考が低迷し始めているのが理解できた。

仕事を失敗した時に、あの時ああすればよかったと〝もし～〟を想像して後悔するのと一緒だ。仕事中にそれをして、仕事が遅れること以上に無駄なことはない。

いま考えないといけないのは今後のことで、危険の伴う現状から脱するためにすばやく判断して行動しなければいけない。

仲間がいれば、相談して決めるのだが。

「いないのならこういう決めかたもありか」

鉱樹を床に垂直に立てて、左右に揺らさないようにそっと手を離す。

倒れたほうに進む、要は運任せだ。

「鉱樹さんや、なかなか厳しいねぇ」

決められないならと天にまかせてみた結果、鉱樹は先に進むほうに倒れた。

「やらないで失敗するよりも、やって失敗したほうがマシってことかね？」

何か違う気もするが、挑戦心は大事に、と前向きな方向で進むとする。

ここから先は回復薬もなく、運がよければ出口が近い。悪ければ、かえって遠まわりになる。

それでも、失敗を反省はしても、後悔だけはしないようにしよう。

「……タバコはやめておくかね、縁起が悪そうだ」

いっきに気疲れした心を落ち着かせようとタバコに手を伸ばしたが、一服して自爆される羽目になったのだ、今度は何が出てくるかわからない。黙って進むことにする。

武器を固定する魔具は壊れていないから移動は楽ではあるが、体が思っているよりもダメージを受けているらしく、思うように動かない。

「これって、どう見てもあれだよなぁ」

ブラッド種と戦った広場から続く直線路、道幅は広く、何か特別な道に見えてしまう。

「おれ、死亡フラグ立てたっけなぁ」

案の定、道を抜けた先は何かありますよ、と言わんばかりに開けた場所だった。

先ほど戦った場所よりも広く、より集団が待ち構えるには適したような広場だ。

ただ嬉しいことに、視線の先には上に登る階段が見える。

「お約束だと、さっきのが中ボスで、ここが階層ボスってところか？」

この通路と広場の狭間をまたぐと空間が閉鎖されて、BGM変更、そして戦闘開始、RPGのお約束だ。

当然――

「そうなったら逃げ出せないよなぁ」

――イベント戦闘は、逃げるコマンドは選択できない。

そうなってしまったら、現状でおれに勝ち目があるかどうかなのだが、正直に言えば勝つ可能性は低いとしか言いようがない。

さっきと同じ敵なら、まだ勝ち目があるかもしれないが、単身《ソロ》のおれは確実に数で劣り、そしてなにより未知の敵だった場合、情報という勝利条件が覆ってしまう。

そうなればさらに勝ち目が薄くなってしまう。

「どうするかねぇ」

帰ることを視野に入れ、振り返って背後を見る。

「退路断たれているよ、おい」

だが、見ないですなおに入っていけばよかったかもしれない。

あからさまに復活し、強化したと強調するかのように増えたゴーレムたち。帰るにもあれを突破しなければいけないと思うと億劫な気持ちになってしまう。

「前門のボスに後門の軍勢って、シャレにならねぇよ」

これが勇者とかだったら、あっさり一人で薙ぎ倒していくのだろうが、こちとら脱サラした元サラリーマンだ。そんなご都合能力に目覚めたつもりはない。

できることと言ったら――

「仕方ない、行くか」

――開きなおって前向きになることだけだ。

田中次郎　二十八歳　独身　彼女なし
職　業　ダンジョンテスター（正社員）
魔力適性　八（将軍クラス）
役　職　戦士
ステータス
力　54　↓　力　87
耐久　83　↓　耐久　117
敏捷　33　↓　敏捷　52
持久力　55（マイナス5）　↓　持久力　74（マイナス5）

器用 41 → 器用 53
知識 33 → 知識 36
直感 10 → 直感 14
運 5 → 運 5
魔力 50 → 魔力 70
状態 ニコチン中毒
肺汚染（中）

今日のひとこと

仕事に慣れるのは大事だが、惰性になると痛い目を見る。
初心が大事であると文字どおり痛感しました。

10　仕事とは積み重ね達成するものだと思う

「おいおい、ファンタジー」

広場に踏みこみ、背後の入口が閉鎖されるのはよい。いやよくはないが予想どおりだ。

「もう少し手加減しろよ、これは、予想していなかったわ」

侵入者を拒むかのように壁に組みこまれていった階段も予想の範囲内だ。

だが――

「宙に浮く球体の軍勢、あり、なのか？　王道的に」

――てっきり今度は、木ときたから定番の石のゴーレムでも出てくるかだろう。違うにしても、大なり小なり多少のズレですむはずのおれの予想は、ボウリングの球程度の大きさの球が宙に排出されることで完全に裏切られた。

「これで自爆特攻されたら、おれ詰むんじゃないか？」

あからさまな球形状の物体を見て、用途はひとつしか思いつかない。

プカプカと水中に浮かぶ機雷のように、攻撃をしない姿を見れば、ウッドパペットのブラッド種みたいに自爆する、要は自爆特攻、タックル型の爆弾魔物に見える。

それをどうにかしないといけないと思うと、技術的なものよりも先に、精神論のほうが重要な気がしてくる。

「ロックオンってか？」

そしてこちらへの観察の時間も終わりのようだ。

登場してから明滅する球体は、まるでこちらを識別するかのように均一な間隔で光っていたが、徐々にその間隔は速くなり、球体を覆う青白い光は、シグナルランプのように青から赤へと変貌する。

「ピンボールかよ!?」

避けるよりも先に、腕が動いていた。

「重!?」

確かな手応えとともに、何かをはじき飛ばし、そして爆発。

「第一層の締めにしてはハードすぎるだろう!?」

対勇者ダンジョンだと考えればこれぐらいは必要なのかもしれないが、これはいささか予算を度外視していないかと叫びたい。

姿から予測していたが、案の定、機雷による自爆特攻。そして、敵に当たらなければ爆発はしないのか、壁や床、天井を使ったアトランダムに飛びまわる跳弾戦法は、冷静に対処しなければあっというまに勢《いきお》いに飲みこまれてしまいそうだ。

動きまわってかわすような余裕はない。

そこらじゅう、場所なんて関係なしに跳ねまわられては、うかつに動くわけにもいかない。しっかり腰を落とし打ち合うほうがまだ安全だ。

幸いなのは、まだ目と腕が追いつく速さで動きまわっていることと、鉱樹が相手よりも硬いといったことだろう。

一発一発、時には足を使ったり、的あてのように打ち返し、足運びや手首の返しを工夫して増える球体を撃ち落としていく。

こっちが移動しなくても、あっちから飛んでくるぶん、体力は節約できる。

だが、節約したぶんを根こそぎ奪うかのように、間断なく、おれに向けてその球体を向けてくる。

「っぐ」

だが、集中に集中を重ね攻撃し迎撃するが、ふとした拍子にミスは出る。

さばきそこねた一体が近くで爆発して、破片が体に飛びかかってくる。そこに、狙いすましたかのように周囲からいっきに球体が飛びかかってくる。

マズイ！　姿勢は崩れ、完全に迎撃するのは難しい。

このままいけば、絨毯爆撃のように球体がなだれこんで来て、またたくまにおれのいる場所は爆心地に変わる。

そうなれば、あとは想像する必要もない。

もうだめだと、一瞬でも思ってしまえばゆっくりと力が抜けるのがわかる。意外と粘ったが、ここまでだ。幸い、魔力でできた体だ。痛みもあるがそこは運しだいだ。おれに根性があれば、爆発の痛みをトラウマにせずにすむ。癪だが、もう手はない。

そうあきらめかけているおれだが――

「カハ」

――どうやら、理屈の部分の思考と、感情的な体は別物らしい。

「なめるなァァァァァァァァァァ！！！」

一瞬口元がゆるんだと思ったら、腹のそこから湧き上がるようにその声は出ていた。

この程度の状況がどうした。爆発を受けて体勢が崩れたが、逆に考えればその程度だ。

無茶苦茶な考えだ。体勢が崩れているからこそピンチなのに、その程度と言い切る直情的な思考に笑いが止まらない。

「あの時のほうが万倍キツい！！！」

研修の時は、毒に麻痺に重力に物理パンチに催眠に悪臭に視界妨害にチャンバラブレードに、時々範囲魔法やらすべてが必殺となる技が飛んできたのだ。

一発や二発受けても怪我程度ですむこの状況、まだ抗《あらが》う余地はある。

抜けきる前に再び力を入れて、早くなった思考、遅くなっている光景の中で制限時間内に次の行動を模索する。

確かに、あの程度と言い切る根拠はあるが、さてどうやってこの状況を回避する？

考えて考えて——

「カハ！　上等だ‼」

——結局、思いつかなかった。

だが、自爆特攻の神風やられたくらいで心が折れるほどやわではないという自負はある。

「死にかける場数はいくらでも踏んでいるんだ！　おれをつぶしたいなら、そっちもつぶされる覚悟でかかってこいや！」

まぁ、とりあえず、全力で振り抜いたほうが考えるよりも早かっただけのことだ。

「こっちは殺る気だがな！」

無機物に対して、おれは何を叫んでいるのだと考えるが、今は置いておいて、この空中に浮くやつらを、殺《や》るとしよう。

サディストも裸足で逃げ出す暇もなく気絶するほどの凶悪な笑みで教官からおれの体の芯まで叩きこまれたこと——〝殺られる前に殺れ〟。それを実行するために、教官たちが乗り移ったかのように、おれは自然と笑みを浮かべていた。

「くくク、どうにかなるじゃねぇか」

意外と自然に、笑いというものは土壇場でも出てくるものだ。

もうだめと思っていた状況など、案外自分で縛りつけてただけで、開きなおってしまえば簡単に脱することができるのだ。

打ち払ったやつらの爆風を背後に浴びながら、崩れた姿勢の状態でのフルスイングを起点に、徐々に姿勢を戻しながら打ち返す打ち返す打ち返す打ち返す。だんだんと速くなっている敵に合わせるかのように、おれが鉱樹を振るう速度も上がっていく。

その中で一体、たった一体、綺麗に切り捨てたと思ったら、今度は、こっちに飛んでくる球体がだんだんと切れるようになってきた。

「ククク、カカカカカ、アハハハハハハハハハハ！！！」

今度はこちらの番だと宣告するように、じわりと、一歩踏みこむだけで、自分の領域が広がった気がする。

ランナーズハイという現象がある。走れば走るほどテンションが上がり、いつまでも走っていたいと思わせる精神的な高揚のことだ。

いつのまにか笑っている。さっきまで怯えていたおれはどこに消えたのやら。

そんなおれを冷静に見つめるおれがいる。テンションは高いのに、視界がすっきりとしている。

体は熱く、心臓は激動し、血が激流になって体を突き動かしている。

だけど、脊髄が鋭く体を反応させ、頭は冷静に現状を考えている。
頭と体で二律背反しているおれの現状は、最高のポテンシャルをはじき出していた。
足りない。
こんな速さではまだ遅れる。
足りない。
こんな力ではまだ打ち負ける。
足りない。
こんな鋭さでは相手を一撃では倒せない。
足りない。こいつらを倒しきるには足りないことが多すぎる。
数は相変わらず数えるのが面倒になるほど多く、まだ増える。
「早く！　速く！　捷く！　疾く！」
手が足りないなら考えろ、効率を上げていけ。
無駄を省け、立ち位置を変えろ、こんな端にいる必要はない。
もっと密集地に、それこそ中央に行けば、もっと効率的に倒せるはずだ。
「ああ、ここまで来るとな！　負ける気がしねぇよ！」
鬱憤《うっぷん》を爆発させる、嵐を創れ、蹂躙《じゅうりん》しろ。
何もかも調子がいい。

見えないはずのものまで見えてくるような気がする。

背中に目があるかのように、相手の位置がわかる気がする。

「まぁ、気のせいかもしれないがな！」

それでも振れば当たるという感触は、今までの積み重ねが応えてくれているみたいで嬉しく思い、さらに効率を上げてくれる。

「ああああああああああああああああああああああ！！！！」

もうここまでくれば、やれるところまで出しきりたい。

切り結ぶというより、すでに切り捨てるといった感じだ。

振りまわすというより、つなげ広げるといった感じだ。

殺陣をやっているかのように、順序だて、足運びが決まり、そう動くと向こうも合わせるかのようにこっちに飛んでくる。

中央など敵が密集している爆心地にもかかわらずだ。

「奥の手ってか？」

しだいに押し戻されていた形勢を戻すためか、一発の球に刺が生えた。

その刺は鋭く、おれの装備している防具など紙のように貫くだろうと容易に想像できる。

幸い跳ねることはなく、地面に突き刺さっているが、体当たりだけで致命傷になるようなバリエーションは、この状況でおれにプラスになるわけがない。

「だから、どうした」

プラスになるわけがない。だが、それすらもおれは切って捨ててみせた。

殺るか殺られるかの瀬戸際、対応できなければこっちが負けるような土壇場で、こっちが絶望してやる筋合いはない。

〝いいか次郎、恐怖というのはセンサーになる。だが、絶望は重りにしかならない。それをしっかりと体に染みこませてやる〟

〝然《しか》り然り、われらが教えるのは恐怖、決して絶望ではない〟

ああ、研修の時の教官たちの言葉がいま理解できた。

確かにそうだ。恐怖というのは、どこで何がどうやって脅威になるかを教えてくれる。どこに下がれば攻撃がかわせ、どこを振り抜けば敵を切り捨てられるか。その動作を補佐してくれる薬のような存在が恐怖だ。

「恐怖食して、糧《かて》とせよ」

すっと入りこむように思いついた言葉を口にすれば、余分な力がさらに抜け落ちるような感覚が体に満ちた。

恐怖が味方についたような感覚は、だんだんとおれの剣戟《けんげき》を早める。

爆心地ですら楽しむかのように切りこんでいったら、一つが二つに、三つが四つにとピンボールゴーレムの倒す数を増やし続けていった。

気づけば時間などあっというまに過ぎ去り、最後の一体を切り捨て背後で爆発させて戦いは終わった。

「うっし、辛勝」

完勝とは言えない。何回も爆風を受けて体じゅう煤だらけ、破片が飛んできて切り傷だらけ、せっかく巻いた包帯など途中で破り捨てた。

「くっそ、歳はくいたくないな。もう動きたくない」

若いころというより、強化した体でも無茶をする時に無意識にストッパーをかけてしまうせいか、全力で動いた時の反動がでかく感じてしまう。

若いころにできたことが、歳をとるとできないというのは本当らしい。

「おつかれさん」

肩に担ぐように峰を乗っけてやり、酷使した鉱樹を労わる。

仮にも生きていると言われる金属だ。これで床を引きずりながら持ち運んで、万が一へそでも曲げられたらたまったものじゃない。

「っち、つぶれているな」

そして、おれには一服と手を伸ばせば、爆風やら転げまわったなんやらが混じったせいで、見事にタバコの箱は歪んでつぶれていた。

普通に引っ張れば破けるのは目に見えていて、四苦八苦しながら取り出して吸った一本は、ジンと体に染み渡る。

「爆散して何も残らなかったおかげで、足場が悪くならなかったことに安堵するべきか、爆散していっさいの戦利品が消し飛んでしまったことを嘆くべきか、おれはいったいどっちの表情を浮かべればいいのやら」

半分も吸い終わるころには冷静になった思考が、周りを見渡す行動を取らせるが、過程と結果でのメリットが、おれの表情を呆れたものを見るような顔で固定させる。

「まぁ、もとより赤字は覚悟の上、無事に切り抜けたことを喜ぶとして、なぐさめがてら今日はつまみを豪華にする！　ああ、スルメじゃなくてジャーキーにするぞ、一袋千円するやつ食べるぞ！」

結局、結果で勝ち取った安全よりも、過程で失った現金のほうが表情を形成してしまった。

自分を鼓舞するように、普段の晩酌のつまみのランクアップを糧に、わずかに残った魔石を回収して、階段を登ることにした。

「これで、出れるはずなんだが、容赦ねぇな、ファンタジー」

だがなんとなく、というよりは念のため、ゆっくりと足音を立てないように階段を登ったが正解だったようだ。

顔だけ階段から出し、のぞきこめば、安全地帯という言葉はどこへ行ったのやら、ボス戦のあともしっかりと戦闘地域を配置している当たり、さすがダンジョンといったところだ。

見たところ、第一層と種類は変わらないように見えるが、数が違う。

加えて中ボスのウッドゴーレムがいるあたり、しっかりとレベルを上げてきている。

「魔物のいる状態であれ使えるのか？　まぁ、無理だろうなぁ。でも、個人的にはできるという願望に賭けたい。そろそろビールにたどり着いても文句は言われないくらいがんばったろ、今日のおれ」

出口だと言わんばかりに階段から反対方向の壁ぎわに設置されている、腰の高さ程度の支柱に水晶らしき球体を載せた装置。研修の座学で教わったとおりなら、触れば数秒のタイムラグで転送され脱出できるはず。

普通に考えれば危険なものが周りにある状態で使えるわけがない。

となると自然と行動は決まってくる。

「もうちょっと親切設計にしようぜダンジョン」

勇者を迎撃するためのダンジョンに、安全エリアなる相手側を援護するようなエリアを作るわけがないのは当然といえば当然だ。

だが、爆発、爆発、と連続で爆発に身をさらした現状を少しでもいたわってほしかった。

ため息をこらえて、鉱樹の柄《つか》をつかむ。

ここまでくるとあきらめて開きなおって、惰性で仕事に向かう感覚に似てくる。

「だぁぁぁぁぁぁぁぁぁぁ！！！！こんちくしょうめぇぇぇぇぇぇぇぇぇぇぇぇぇ！！！！」

そして、八つ当たりめいた自棄《やけ》になるのも、なんとなく仕事が忙しい時に似ているように感じたまま、突撃するのであった。


「えっと、大丈夫ですか？」

「第一層を単独で突破したことが大丈夫だというなら、多分、大丈夫かと」

結果だけ言うなら、おれは無事脱出できた。

突撃に突撃を重ねて、強襲した第二層の最初の戦闘は、援軍を三回繰り返してようやく終わりを見せた。

ズタボロになったおれは、どうにか脱出装置、転移陣を起動させてダンジョン入口へ、それから治療するために医務室へ移動しているところでスエラさんにばったり会ったわけだ。

「第一層を一人で突破したのですか!?」

「ええ、さすがにあのピンボールには度肝《どぎも》を抜かれましたが」

「お怪我は!?　というより、よく見たら体じゅう怪我だらけじゃないですか！」

怪我をしている当人よりも、怪我を心配するほうが慌てているのはどうかと思うが、すなおに心配してくれるのは嬉しい。

「……正直、疲れました。具体的に言えば、あの時引き返さなかったおれを殴り飛ばしたいくらいに。まぁ、教官たちの研修と比べたらまだマシなほうですから、医務室に行けば問題ないかと」

実践よりも研修のほうがきついというのは、対策としてはあっているかもしれないが、どこか間違っているような気がする。けれど、そのおかげでこうやって生き残っているので文句は言えない。

だが、どうやらおれは言葉の選択を間違ったらしい。

「医務室に!?　そこまでの怪我を!?　肩を貸しましょうか？　タンカはどこに？　それよりも浮遊魔法で、いえそれよりも転移魔法で直接移動したほうが早い!?」

おれとしては、薬がないから軽く治療しておけば問題ない、と安心させるつもりであったが、逆に重傷だと思われてしまった。

まぁ、それはとりあえず置いておくとして、できれば今は落ち着いてほしい。

仕事ができるせいなのか、慌てていても次から次へとおれを搬送する手段を思いつくのはいいが、周りからの視線がきつい。

悪名というか風評が悪いせいか、彼女の対応がえこひいきにも見えてしまうのだろう。

加えて、スエラさんの見た目も相まって、男どもの視線がきつい。

「いえ、そこまでしてもらわなくて大丈夫ですよ。歩けますし」

「自己判断なんて当てになりません！　善は急げといいます！　いきましょう！」

「ちょっと⁉」

だが、彼女は周りの視線など気づいていないかのように、おれの手を取り歩き出してしまった。

スエラさんとの身長差は頭半分ほどあり、体形的にはおれのほうがでかく、最近の運動量から筋肉もついた。なので、そう簡単に引っ張られることなどないはずなのだが、彼女はいとも簡単におれを医務室につれていこうとする。

感覚的に、身体強化の魔法を使っているのはわかる。

そこでふと思った。なぜ、彼女はここまで親身に、必死に、なっているのかと。

思春期に染まっているころなら、彼女はおれに気があるのではと思ってしまうのだが、生憎とひと昔前にそんな考えからは抜けたおれに、そんな発想は浮かばなかった。

ただ単純に、彼女の人のよさ、真剣に向き合ってくれるそのひたむきな性格ゆえに、暴走してこんな行動をとってしまっているのであろう。そんな彼女の行為を、照れくさいという個人理由で振り払うのは何か違うと思う。周りの視線はいっそうきつくなるが、ここは美人に手を引いてもらうという役得で割り切るとしよう。

少々早歩き、だがおれにとっては普段の歩く速度と変わらない歩行速度で医務室についてからも、スエラさんはおれが行動するよりも早く、手ぎわよく、おれの治療を行なってくれた。それこそ、常駐の担当医よりも早く。

「これでいいでしょう。打ち身に火傷、切り傷、幸い骨折などはありませんでしたが、魔紋の適応のためか、体に熱が残りますので、今日は寝づらいかもしれませんね」

明日は安静にしてくださいねと、医者顔負けの診断。背後に立っているここの担当医、蜥蜴人《リザード》がチラリチラリまったく進んでいない書類とこっちを交互に見ていることから、手持ち無沙汰具合がよくわかる。仕事をとっていいのかと聞きたくなる。

「さて、次郎さん、少しお話いいでしょうか？」

しかし、パタンと内包量が拡張された救急箱を閉じ、笑顔で話しかけてくる。

ゾクリと鳥肌が立ち、反射で背筋を伸ばしてしまった。

「どうやら、少々研修内容が足りていなかったみたいで、ええ、今回の怪我はその知識不足、危機意識の欠如が原因だと思われます。もちろんこれはわれわれ、いえわたしの不手ぎわなので、今回の治療費に関しては対処させていただきます。ひいては今後このようなことが起きないように、ぜひともここで講義をしたいと思うのですが、いかがですか？」

おれにはわかる。いや、生物なら生存本能で理解できる。

礼儀正しく、疑問形で聞いてくれているが、これは選択肢が〝イエス〟か〝はい〟しかないやつだ。それも、上司からの指示をいやいや受ける〝イエス〟ではなく、軍隊での上官からの命令に対する問答無用の条件反射で答える〝イエスマム〟に近い。

「いいですか、そもそもダンジョンで単独で動くこと自体が危険なのですよ。ですので、パーティが必要となるわけで……」

医務室で始まった講義は、スエラさんの同僚が彼女を呼びに来るまで続き、終わったころには夕飯を食べる気力どころか、何もする気が起きず、ただ休みたいという欲求が体じゅうに満ちていた。

「明日は絶対安静ですよ！」

そのひとことを最後に、彼女を見送ったおれがすることといえば、休みますか、と聞いてくるリザードの担当医に断りを入れて、自室に戻り、はずせるものを無造作に脱ぎ捨ててベッドに倒れこむ、ただこれだけにつきた。

目をつむるだけで、意識はあっというまに落ちる。

明日は休み、昼まで絶対に起きないと心に誓って。その誓いもわりとあっさり覆《くつがえ》されるのだが……。

「なぜ、こうなった」

「聞いてますか、次郎さん？」

おれがすわっているのは〝ザ・ファンタジー〟を表わしているわけでもなく、どちらかといえば現代でもヨーロッパ地方を探せばありそうな感じのレトロチックな酒場、いや居酒屋といえばいいのだろうか、そこでスエラさんがおれに寄りかかるようにとなりにすわっていた。

目が据わって、完全に酔っ払っているせいで色気がさらにやばいことになっている。

だが、それに反応するわけにはいかない。

視線をとなりから向かいへと移せば、この状況を作り上げたであろうニヤニヤと嗜虐《しぎゃく》的な笑みを浮かべているエヴィア監督官、キオ教官、フシオ教官が、普段からは考えられないほど静かに酒を飲んでいた。

絶対にこの状況を楽しみ、さらに何かが起こることを獲物を待つ獣のようにじっくりと待っていやがる。

それを見て、第三者から見れば楽しい状況を、この人(?)たちは見逃さないだろうなぁとあきらめ、ここまでの経緯を思い起こす。

きっかけは、安静にするために、今日一日は部屋にいようと心に誓ったけさのことだ。

「あああ、あの！　今夜よければ、第一層を突破したので、そのお祝いがてら食事でもいかがですか？　あ、あの、用事があれば断っても構いません……から」

なにこの可愛い人は。何度寝かわからないくらい、寝ては起きてを繰り返して、いいかげん起きるかとまどろんでいた時に鳴ったチャイムに反応して、寝ぼけ眼《まなこ》でおれが捉えたのは、褐色肌でもわかるくらいに顔を真っ赤にしたダークエルフだった。

いや、スエラさんだった。

「はぁ、食事ですか」

傍から見れば女性から食事に誘われているという、非常に珍しいケースなのだが、生憎と寝ぼけているおれは、現状非常に幸運に恵まれているという状況を把握できていない。

「何時からですか？」

「行ってくれるのですか？」

「ええ、特に予定はないですし」

できたことといえば、今日一日のスケジュールの判断と、相手がたの要求に応えられるか否かという判断だけ。

「で、でしたら午後七時に地下施設の入口で待ち合わせを！」

「午後七時に地下施設の入口ですね。わかりました」

「で、では失礼します！」

「はい……って、行ってしまった」

なので、返事を聞かずに走り去ってしまったスエラさんに対しても、休日を返上して仕事をしている彼女が、合間を縫って急いでおれのところにきたという、仕事脳の判断しかできない。

「……コーヒーでも入れるか」

おれの寝起きはそんなに頭が働くほうではない。それでも動けて、ある程度思考的判断ができるようになったのは前職のせいだが、今はいいだろう。

そんなおれはインスタントコーヒーを入れて、ボーッと休日の昼ごろに流れるバラエティ番組を見る。

「今日は夜の七時まで暇だなぁ。安静にしろって言われているから訓練もできないし、ダンジョンに入れないし、あれ？　おれ無趣味？」

だんだんと覚醒して、ぼやけていた思考がはっきりしてくる。

「趣味はおいおい探すとして、どうにか七時まで時間をつぶして、夕食をスエラさんと……？　スエラさんと、二人で？　ゴフォッ!?」

そして思考が追いついてきたおれは、やっと現状を把握し、コーヒーを気管に入れむせていた。

〝デート〟という言葉が一瞬頭にちらつくが、今はそれどころではない。

「ゲホゲホ、ヤバい、ホットコーヒーの気管入りはやばいって、むせている場合じゃねぇ、私服あったか？」

転職して二ヵ月とちょっと。普段はダンジョンに入るために装備を身につけているか、寝巻きか、トレーニング用のジャージの三択。そして、前職の時はほとんど遊びに行く時間がなかったため、私服と呼べるものがほとんどない。当然、女性と一緒に食事に行くための服なんてあるはずがなかった。

「……行くか」

時間は昼手前、車を使えばなんとか間に合う。さらに出費することに頭が痛むが、背に腹は変えられん。さすがに、まともな格好をしなければいけない状況だ。

このさい、多少の出費は覚悟しよう。

「装備を修理に出してから服の買い物か、時間足りるか？」

着替えながら、床に散らばった装備を見て、朝寝をしていたことを後悔しながらも、今は、すばやく動く。

そして、少し高めの服屋でマネキン一式まるごと購入してとんぼ返りして、どうにか間に合ったかと思い、待ち合わせ場所に行けば……。

「おいおい、次郎、いきなりまわれ右はないだろうが？」

『カカカカカ、残念だったのう、あの小娘じゃなくて』

一部を除いて、レッドアラート全開の布陣が待ち受けていた。

全員が全員、私服姿だが、そろっているメンバーがおかしい。

まずは一部である緑色を基調としたワンピース姿のスエラさんがいるのは、いい。

だが、アロハ姿のキオ教官、甚兵衛姿のフシオ教官、スラックススタイルのエヴィア監督官、おもにレッドアラート全開のメンバーがおかしい。

「すみません、撒けませんでした」

「逃がすかよ」

『左様《さよう》左様』

「逃げられると思っていたのか？」

このメンバーが、本来なら来ているはずではないことは、この会話でわかってしまった。

「次郎がダンジョンの一層目を突破したんだ。弟子の偉業を褒《ほ》めねぇで何が教官だ！」

『然り然り、それに、ヌシの歓迎会も兼ねておるからのぉ』

「安心しろ、今回はおまえらには払わせん。好きなだけ飲んで食べるがいい」

そして、これだけはわかる。三者三様で、おれのことを歓迎しているが、勘というか、おれの中にある何かが訴えている。裏があるぞ、と。

そして、店に入ると予約していたのかすんなりと席に通され、座席もあらかじめ決まっていたかのようにおれとスエラさんはとなり同士になり、楽しそうに向い側の少し広めの座席に三人がすわる。

「では、タナカ・ジロウの歓迎と第一層突破を祝って！」

「「『乾杯!』」」

そして、エヴィア監督官の音頭でこの飲み会は始まった。

最初は問題なかった。

軽く雑談を交えながら、近況と研修時の話といった感じで、教官たちの私見混じりのおれの評価を聞いたり、改善点を聞けたりするのは、今後のためにもかなり貴重な経験だといえよう。

だが、向こう、イスアルのことをスエラさんに聞きながら酒を飲んでいるときに気づくべきだった。彼女のコップの酒がまったく減らず、コロコロと中身が変わっていることに。ダークエルフ特有の褐色肌が、顔を赤くするという酔っ払いの状態を気づかせない要因になっていたのもあるかもしれないが、三人? にうまく誘導されてしまったような気がする。

「それにしても、きさまずいぶんと無茶をしたようだな」

「おう、まさかそのステータスで単独突破するとはな!」

『カカカ、然り、通常なら徒党を組んで攻略するものを、一人でやるとはな。機王もだいぶ悔しがっておったわい』

「いや、結構ギリギリ「そうですねぇ、危なかったですねぇ、その話を聞いた時のわたしがどれだけ心配したか知りませんでしょうねぇ、次郎さんは」でした、よ?」

軽くのしかかる温かい何か、いや、スエラさん。

そして、教官たちは一瞬見せた心配するような表情から一変、始まった！　と言わんばかりの全開の笑みを見せる。

つうっと冷や汗が流れるのを感じつつ、今までの経験と身体能力を上げたステータスが、現在の状況とその表情からの答えをはじき出す。

ハメられた！　と直感した。

やられたことは単純だ。

エヴィア監督官が、スエラさんに悪魔のささやきで酒を飲ませた。それの唯一のストッパーになりうるおれの意識を教官たちがそらす。おれが気づかぬうちにだんだんと彼女に酔いがまわり、あとは結果を御覧《ごろう》じろとばかりに、現状が完成する。

おかしい、まだ二日酔いにはほど遠いはずなのに頭痛がする。

まぁ、状況を把握できたとしてもどうにもならない。

いわばさっきのおれへの心配の言葉はトリガーみたいなもの。この状況が完成したと悪魔（エヴィア監督官）がささやいただけだ。

事態を収拾させる方法は――

「おい、もっと酒を持ってこい！」

『ふむ、ならわしはこれをもらおうかの』

「スエラ、グラスが空《あ》いているぞ」

――このかたがたがいる時点で、ないに等しいだろう。

開きなおってこの状況を楽しんだほうが精神的にもいいし、事実、美人が寄りかかってくれているという男としては役得な状況であるのには間違いない。

追加の注文をする教官たち。そしてペースを落とすどころかさらに加速させるようにスエラさんに酒を飲ませるエヴィア監督官。この状況、からかわれ、おもしろがられているように感じるが、不思議と苦痛に感じず、雰囲気的にはむしろ楽しいと感じる。

「次郎さん、聞いてますか？　ですからわたしはですねぇ」

早々におれも酔っ払ったほうがいいのだろうか？　と思うが、否《いな》とおれの心が言う。もったいないと。

次の日が大変のような気がするが、幸いにして明日も休みだ。少しくらい状況に流されてもいいような気がする。

「お、スエラ奇遇「邪魔をするな」フベラ!?」

途中、エヴィア監督官がダークエルフの男性を吹き飛ばしたことは見なかったことにする。

とりあえず、注文した酒をあおる。延々と続く彼女の愚痴は聞き流すこととする。

「ん？」

だがその愚痴も、ピタリとやむ。

急に静かになり、おれのほうに体重がかかる。

このパターンから考えられるのは、ラブコメ的展開（寝落ち）か、美女的にしてはいけない絵面の展開、どちらにしても向かいのかたがたは楽しめる結果になるだろう。

無視するわけにはいかない。

恐る恐る見てみれば――

「じろうさん」

――絶対に教官たちが求めたドラマ的ラブコメが迫っていた。

「じろうさんがきてくれて、ほんとうにわたしはうれしかった」

「え？　あ、はい」

一瞬シラフに戻ったかのように優しい顔で言われて、おれの体温はいっきに上がる。

酔いのせいか、それとも別の何かのせいか頭がまわらない。

とりあえず頭を冷ますかのように、いっきに酒をあおる。

「オオオオ」

『カカカカ』

「クククク」

いいものを見たと言わんばかりの最高の笑みを見せるかたがたなど見えない。

「めでてぇなぁ！　おまえら今日はとことん飲むぞ！」

『カカカカ、然り然り、久方ぶりに飲み比べするのも悪くはないかのぉ』

「ふん、わたしも付き合うとしよう」

「『イエエエエエエエイ！！！』」

昔語りの鬼みたいに周囲の客を巻きこんでの大宴会を実行するキオ教官。そしてそれに付き合うかのように、最初に酒を飲み干すフシオ教官とエヴィア監督官。

向こうは向こうで楽しんでいただくとして。

「とりあえず飲みますか？」

「はい、しごとはすべてけいりぃにまかせました。あしたはやすみです。だからきょうはおいわいしますね」

いつも冷静なスエラさんがハメをはずし、周りと同じように楽しんでいる。

一瞬見とれて、その顔を見られてまたからかわれる前に酔っ払うとしよう。

「ようこそ！　まおうぐんへ、わたしたちはあなたをかんげいします！」

「よろしく、スエラさん」

経験したことのないほどの大宴会、その中でおれは彼女と乾杯する。

今までの人生で一番楽しい宴会は、こうやって始まっていった。

田中次郎　二十八歳　独身　彼女なし
職　業　ダンジョンテスター（正社員）
魔力適性　八（将軍クラス）
役　職　戦士
ステータス
力　87　↓　力　105
耐久　117　↓　耐久　157
敏捷　52　↓　敏捷　66
持久力　74（マイナス5）　↓　持久力　90（マイナス5）
器用　53　↓　器用　82
知識　36　↓　知識　36
直感　14　↓　直感　22
運　5　↓　運　5
魔力　70　↓　魔力　80
状　態　ニコチン中毒
肺汚染（小）

今日のひとこと

入社して、どんな未来になるかわからないが、少なくとも今は続けよう。
どんな自分になるか知りたい、そう思える会社におれはめぐり合えた。

間章　1　人のいぬまの静かな夜に

地下施設の飲食街の一角、そこにある〈Closed〉と書かれたプレートがぶら下がる一店舗。外の騒々しい飲食街に反して、中では静かなクラシック音楽が流れ、カウンターには一人の悪魔が立ち、グラスを磨いている。その光景を見るかぎり、この店が営業しているのはまず間違いなく、その事実を示すようにカウンターには四人の客がすわっていた。


「てめぇから誘うなんてどんな風の吹きまわしだ？　エヴィア」

その中でひときわ体の大きい鬼、田中次郎からは〝ギオ教官〟と呼ばれる存在、魔王軍で鬼という種族をまとめる頭領、鬼王ライドウがその体軀にあわせるように、静かな店の雰囲気など関係ないかのように酒を豪快に飲み干す。

『然《しか》り然り、しかもこの構成、意図的に狙ったとしか思えぬな』

そんな鬼の様子など微塵も気にせず、反対にこの雰囲気に合うように、静かにグラスに入った酒をなめるように飲む髑髏《どくろ》の紳士、同じく田中次郎を鍛え、彼からは〝フシオ教官〟と呼ばれていた、不死者を統括する存在、生きていた時の名を知る者は数少ない存在、不死王ノーライフは生の縛りを乗り越えた者にしては明るく明瞭な独特の声で、この集まりを開いた当人に言葉を投げかける。

「ふん、計画の進行具合を確認しに来ただけだ。きさまらと話すなら、酒の一杯や二杯では足りないだろう」

前者二人を前にして萎縮するどころか、こともなげに返す紅《くれない》の髪をたなびかせ、同じ頭に紅に黒が混じった角をたずさえた女悪魔は、鬼と同じように酒をあおる。魔王の直近、近衛をまとめる悪魔、今は社長秘書という肩書きも持つ悪魔エヴィアは、いつもの人をからかうような態度はなりを潜め、少々不機嫌そうな態度を見せる。

「そのようなことで、あなたがわたしを呼び出すことはないでしょう。何かあったのではありませんか？　あのかたに仕える魔王軍の将軍の中でも、古参であるわれわれを集めたのですから」

右側に男二人、左側には女二人が並び、その中で最後に口を開いた一人。目を閉じ、カクテルをゆっくりと嗜《たしな》む白銀の髪を持つ女性は、その閉じた瞳でエヴィアの意図を探る。ダークエルフの中でも特別な存在、樹王の名を冠し、精霊の寵愛を受けし女性ルナリアは、普段のもの静かで大樹のような雰囲気とは打って変わって、年の近い女友達に話しかけるように言葉を紡ぐ。

表の〈Closed〉というプレートは、この魔王軍の幹部の密会を隠すためのブラフ。

今宵この店はこの四人のためだけに開かれ、グラスを磨き酒を出す悪魔は聞かず見ず話さず、店の中にあるオブジェクトと化す。

なので、この場の話はこの場だけの話となる。

『左様《さよう》、ここに並ぶ四人はあのかたに最初に仕えた者たち。そんな面々を集めたのなら何かあると勘ぐるのは必定。よもや突然懐かしくなり、ただ昔を語らいたいなどというのではあるまいな？』

「おれはそれでもいいがな。理由があろうがなかろうが、うまい酒が飲めればそれでいい」

『きさまは昔から変わらんのう』

「むしろあなたが変わってしまったら、どうなるか気になるところですが、このにぎやかな雰囲気が失われるのはいささか惜しいですね」

『違いないのう』

「ふん、コイツが変わる姿など、想像しただけで鳥肌が立つ」

「おい、てめぇら好き勝手に言いやがって、おれが変わんねぇのがそんなにおかしいか」

不死王はカラカラカラと顎を鳴らし、言葉に反して、別にそれでも楽しめるが、と有《あ》り体《てい》に言い表わす。

鬼王は細かいことは気にせずただうまい酒を求め、こっちの世界の酒はうまいな、と言いつつ、誰よりも早く酒の器を空にして次の酒を所望する。

そんな鬼王の前に、空になったタイミングですっと追加の酒が用意され、それに気づいて鬼王が笑みを浮かべる。

そんな鬼王がもし仮に変わるのならどのように変わるのかと想像し、されどそのままでいてほしいと願う樹王は、その光景を想像して頬を緩ませる。

悪魔はそんな言葉に刺激されたのだろう、ふと自分の思う鬼王が変わるとどうなるかと想像してみたら思ったよりも気持ち悪いことに気づき、その想像を振り払うように酒をあおる。

同窓会のような雰囲気を醸し出す飲み会は、普段の責任を負った面々の口を軽くし、普段の態度を軟化させる。

『しかしわれらが将軍と呼ばれるようになって幾年か、このような宴《うたげ》は久しい。顔を付き合わせても、たがいの肩書きが言《こと》の葉を紡がせるのを邪魔だてする。なんとも昔と比べたら窮屈になってしまったことよ』

「きさまがそれを言うか？　そんなことを気にするたまでもあるまい。ずいぶんと自由に動いているようではないか。昔の研究者としての気質はそのままで、今日も研鑽に励《はげ》んでいたのだろう？　きさまもそこの鬼と変わらず昔のままだ、ノーライフ」

不死王を除き、残りの三人は見た目だけならそこまで昔を懐かしむほどの齢《よわい》を重ねた姿はしていない。

特に悪魔と樹王の二人はそうだ。

だが、ここに並ぶ面々は、種族、魔法といったなんらかの要因で寿命が人間の何倍もある。なので、見た目イコール年齢というのは文字どおり通用しない。

おかげでどれほどの年月がたったか知るものもかぎられ、年月を経るたびに立場はずいぶんと変わり、齢を重ねるごとにプライベートで会う機会は減り、代わりに仕事で会う機会は増える。護衛も連れずにプライベートで会うことなどほとんどできない、と言っていい環境にそれぞれ身を置いている現状だ。

だからこそ、不死王は過去を懐かしみ、現状を嘆いた。

だが、そんな言葉を表面どおりに受け取る者はこの場にはいない。皮肉を言う悪魔に同調するかのように鬼王も樹王も笑い、その笑い声に不死王は、そう言われるとそうであった、と少々呆《ぼ》けた老人なような仕草でさらに笑いを誘った。

この場は無礼講、今はひとつの例外を除き、肩書きも立場も忘れ、昔のような宴を楽しむ空間となった。

「そう言えば、ライドウ、ノーライフ、あなたがたが鍛え上げた人間はいかがですか？ずいぶんと気にかけているようでしたが」

「んあ？」

『ほう、次郎のことかの？』

そんな空間であっても共通の話題になるのは昔話か、仕事の話になるのは定番であった。

そして、その中でも普段なら考えられない行動をとっている二人の話題になる。その話題が、最近のことになればなおのこと出やすいというものだ。

鬼王も不死王も、いまさらではあるが、人間とは不倶戴天《ふぐたいてん》の種族だといっていい。

昔と比べれば多少角が取れて丸くなっているが、その力は健在だ。

そして前者は、鬼という日本の昔話をはじめとして、人間に対して害意を持つ、災厄として語られる存在だ。

そして後者は、不死者の王として君臨し、その外見は死を象徴している。

どちらも人間からしてみれば恐怖の対象でしかないし、二人から見ても人間など炉端の石ころ程度の価値しかないだろう。

そんな二人が、暇だという理由だけで人間を一人育て、結果を示した。その話は、かの存在を知る者たちを大いに驚かせた。それはこの場にいる二人も例外ではない。

育てる手腕を疑うつもりはないが、相手は人間だ。魔王軍にとっては忌み嫌われる種族の代名詞。そんな存在の面倒をしっかり見て、今もなお気にかけているとなれば、むしろ昔馴染みだからこそ驚嘆に値するのだろう。

なので樹王が話題をふり、悪魔が興味を抱き、どうなんだと視線で促し、話せと催促する。

「ええ、わが配下の一人もずいぶんと気にかけているようで。わたしはモニター越しに一度見たのみ。この目で直接見定めたわけではありませんが、直接見たあなたがたは違うのでしょう？　それほどの人材なのでしょうか？」

資料によるデータの情報や、部下の話は聞いたものの、にわかには信じられない話題。それを酒のつまみの話題として樹王は提供する。

「次郎ねぇ……あいつは、そうだなぁ、どこにでもいる人間だよ。ただし、どこか頭のネジは抜けているがな」

『カカカカ、左様、なんの変哲もない人間よ。人として当たり前のことに執着するだけの男よ』

樹王はいったいどんな人物像が出てくるかと楽しみにしていたが、鬼王も不死王もそろってどこにでもいる人間だと平凡な評価を下す。そんな回答を聞き、肩すかしをくらい、それだと話が合わないと樹王は首を傾げる。

価値は普通なのにこの二人が目をかける。二人の能力はもちろんだが、性格もある程度つかめているからこそ、それはありえることなのか、と疑問がわくだろう。

樹王の頭の上には疑問符が浮かぶ。

だが、そんな感情を抱いたのはこの場では樹王ただ一人。悪魔は二人の言葉に何かを察したのか、目を細め、つまらなそうな表情を見せる。

「不思議に思うよなぁ。おれもこんな話を聞いたらそう思うぜ」

『然り然り、ワシも同様じゃ。いやもしかしたら、くだらん！　と話を切るかもしれんの』

そんな二人にたいし、鬼王と不死王は笑いながら酒を飲み、おもしろそうに続きを語る。

「最初はおれも暇だから、大将の計画に手を貸そうって思っただけでな。だけどどうせならと思って、不死王のやつも誘ったんだよ」

『あの時はコヤツも暇なやつだと思ったが、ワシも気まぐれで、たまにはいいだろうと話に乗ってみたんじゃ』

「それでいざ乗りこんでみたら、ごく普通の男が一人、そこに突っ立ってたんだよ。おまけに歳もそこそこいっていて、こりゃダメだなって、直感でわかったわ」

『ワシの見立ても似たようなもの、魂の輝きはむしろ鈍いと言ってよかった』

語れば語るほど、聞けば聞くほど、田中次郎という人間はたいした存在ではないという結論になる要素がそろう。

だが樹王の情報では、田中次郎はテスターの中では高基準の魔力適性八を持つ期待の新人であったはず。かの人間の周囲の魔王軍の評価も似たようなものだった。なにより同族のスエラが高く評価しているという話は樹王の耳に残っている。なのに、その評価とは真逆の話が鬼王と不死王の口から語られる。

「だからよ、期待はずれだが、そのまま終わらせたらこのおれが無駄足を踏んだことになる。それはつまらん。それならそれで楽しもうって、おれらは思ったわけよ」

『然り、人間は恐怖のなかにおちいれば、それはまた美味な魂の色をみせる』

だんだんと雲行きの怪しい雰囲気を樹王は感じ取り、はぁとひとつため息を吐く。

「また、あなたがたの悪い癖が出ましたか」

「そう言うなって。こっちもつまらん仕事をしたくなかっただけだ。なぁ不死王？」

『左様、死んでも生きざまは変えられぬ。過ごすのなら楽しまねば、のう鬼王』

先ほどの悪魔が見せたつまらなそうな表情は、話がつまらないのではなく、そんなおもしろい話になぜ自分を混ぜなかった、という不満を表わしたものだということに、この段階で樹王は気づいた。

鬼は種族がら人間を試したがり、力の差など関係なく人間で楽しむ趣向がある。不死者は高位になるほど生者を見て、その生きざまを演劇を鑑賞するかのように楽しむ癖がある。

樹王は理解した。最初の段階の田中次郎は平凡で、この二人の格好の玩具《おもちゃ》であったということを。気の毒に、と思えるのは、樹王がこの四人の中で比較的人間に対して慈悲を持っているからだろう。

それでも、たしなめないのは、樹王もほかの魔王軍に所属するものと同じ、それ以上の感情を持ち得ないからだろう。むしろ、この二人の悪癖が魔王軍の誰かに向かなくてよかった、と安堵した部分もあっただろう。

「だからよ、わざと死にかけにしてみたんだよ」

『ククク、まさに絶技であった。人間の息の根が止まるちょっと手前。ひとつでも治療を間違えれば、次郎はあの世に行っていただろう』

この二人の言葉にやはりかと樹王は思う。死を体験させ、人間の心を折るつもりで、この二人は口にしたことを実行したのだろう。

「折れればそのまま痛ぶり鍛え上げ、わが魔王軍のいいなりになる都合の良い存在を作り上げる。折れなければ折れないで、それは良しとする。ずいぶんと分の悪い賭けをなさったのですね。いえ、あなたがたの場合は分の良い賭け、と言ったところでしょうか？　なにせあなたがたは、折れるほうに賭けたのですから」

「おいおい、おれたちをいじめるなよ。鬼でも涙を流すんだぜ？」

『左様、不死者も同様じゃ。ルナリアの厳しい言葉でこの老骨の瞳に涙が浮かんでしまうわ』

「ふん、なんならわたしが泣かせてやろうか？　悪魔は拷問に関しては右に出る者はいないぞ」

だが、その鬼たちの目論見は見事にはずれた。

いやこの場合、鬼たちは賭けに負けたと言うべきだろう。

田中次郎の特殊性、異常と言っていい死にたいする恐怖心の希薄さ。それが功を奏し、脆弱な人間は異常の頂点にいる存在から勝利をもぎ取ったのだ。そして鬼と不死者の賭けは、大穴《ジャックポット》を抜かれることで大敗を受け止める結果となった。

「しかし、理解できませんね。たかが一度、あなたがたの目論見を偶然はずしただけで、あなたがたがここまで入れこむとは思えないのですが」

「だから言っただろう、あいつは人間としては普通なんだよ。そこがおもしれぇ」

『左様、鈍い魂だと思ったが、存外活きのいい魂であった』

「どういうことですか？」

その過程を聞き、ついに樹王はかの人間を評価する二人の存在が何を言っているか、理解できなくなった。

普通なのがおもしろい、鈍いのに活きがいい。

正反対の言葉が重なり合う二人の評価を樹王は判断しかねていた。

「樹王、こいつらの言いぶんはまわりくどいだけで、べつだんおかしなことは言っていない」

「エヴィア」

その雰囲気を察して、悪魔は樹王に助け舟を出す。

「きさまは複雑に考える癖がある。今回はそんな話ではない。そうだろう?」

「そうだ、おれたちはなんも難しいことは考えてねぇ」

『然り、然り、なんとも人間らしいと言っているだけよ』

「?」

深く考えるな、と悪魔は言い、その意図を察した鬼王と不死王は、それに同調するように頷いてみせた。その会話に樹王は目をつむり、視界を広げず、首をかしげ、さらに混乱を始める。謎かけを単純に考えろと言われても、前提条件がどこにあるかわからなくなっている。

同じ将軍で付き合いが長いからこそ、今までの言葉に偽りがないのは理解しているが、だからといってすべてを理解しているわけではない。

「酔いがまわったか? ずいぶんと頭のめぐりが鈍くなっているぞ、ルナリア。われわれは見ているはずだ。人間とは悪魔以上に欲深いということを。そして、生きるためには、楽しむためには、手段を選ばないということを。ただそれだけを考えろ。あの人間、田中次郎もその例に漏れないということだ」

「あ」

「ようやく気づいたか」

『仕方なきこと、ルナリアはわれらと違い、性格はそこまでひねくれておらぬからな。気づくのが遅れることもあろうて』

悪魔の助言で樹王は理解し、なぜこの二人がかの人間を気にかけるか、その理由の一端にたどり着いた。

そうなればもう答えは出たも同然。霧が晴れ、スムーズに頭の中に解答への道のりが生まれた樹王の表情に、笑みが浮かぶ。

「ふふ、なるほど、確かにこの話が真実なら、その人間はあなたがたの〝好み〟の人間ということになるでしょうね」

すっきりしたと言わんばかりに眉間のしわは消え去り、胸の中にストンと落ちた解答は、樹王の顔に納得の色を浮かばせた。

「鬼なら欲に素直でなければならない。不死者なら生に執着しなければならない。田中次郎という存在は、あなたがたに嘘偽りなく、恥も何もなく、本音をぶつけたようですね」

「そうだぜ？　なにせあいつ、死にたくないので全力で手加減をお願いします！　っておれに向かって言いやがったんだぜ？　会えばどんなやつでも殺してきたおれに向かって」

『カカカ、その時の魂の色ときたら、がむしゃらに輝こうと必死にもがいている色じゃった。あれは磨けば光る。その可能性をワシにみせた』

「それは存外、田中次郎も気の毒に、鬼王と不死王に気にいられる態度を見せるとは」

「おう！　おまけにしっかり手加減して鍛えてやれば、あいつはおれにくいついてきやがった！　思ったよりも楽しめたぜ！」

『もがけばもがくほど魂は磨かれ輝く、なんとも磨く価値のある魂だった』

田中次郎がやったのは人間として当たり前の行動、死を回避したいという願望をぶつけたこと。だが、それ自体は人間なら誰もが取れること。そこにかの人間は、ひとつの要素を組みこんだのだ。

恐怖に押しつぶされた妥協による命乞いでも鬼は許さない。

絶望によるあきらめからくる命乞いなど不死者は見逃さない。

ならば、何をもって人間はその二人の心を動かしたか。

命の瀬戸際、死にたくないという一心で、彼は自分の願望を被せてきたのだ。強くなり、この組織で自分の立場を作りたいと。

「ふふ、なんとも欲深い普通の人間ですね」

この二人の口ぶりからして、きっと無意識にとった行動なのは推測できる。

確かに人間としては当たり前の行動だ。自身がやりたいことをやりたいと口にするのは。

「では、エヴィア、あなたが目をかけ始めたのは、あの時ですか？」

「さてな、無理と無謀を理解せず動く馬鹿のことなどわたしは知らん」

「ふふ、そうですか」

昔馴染みが語る会話の中に紛れこんできたたった一人の人間。

その人間が何をするか。樹王の中でも興味という小さな種が芽生えた。

「カカカカ、それより樹王！　てめぇの育てた人間はなんだ、あれは。おれのダンジョンの最初で手間取りやがって。次郎のやつは一人で機王の第一層を突破しやがったぞ」

『然り、やつ一人が卵の殻を突き破っておるぞ？　まだ、頭に殻を乗せたままだがの』

「すでにわたしの手を離れた者ですが、助けを求められたら手くらいは差し伸べるとしましょうか」

「ふん、卵の中で完結しているやつらが手を伸ばせるものか。ルナリア、存外おまえも冷たい女だな」

「ええ、冷たくもなりましょうね。ですが苦情ならそちらのお二人におっしゃってください。なにせわたしにうらやましいと思わせるような人間の話をしたのが悪いのですから。最低でも二人に示したような気概を見せてもらわないと、わたしは満足できそうもありません」

そう言い放ち、酒を口にする樹王の口元はほころび、心底楽しそうにしている。

その仕草を見て、鬼王と不死王は笑い、悪魔は仕方ないとため息を吐く。

興味の芽は樹王だけではなく、ほかの三人の胸の内にも確かに宿っていた。

その芽は確かに小さく、摘めば引きちぎれ、水を絶やせばあっというまに枯れるような若葉。されど、確かに根を張り、この場にいる存在に確かな価値観を植えつけた。

それがいずれ大輪の花を咲かせるか、それとも気づかぬまに朽ち果て野に散るか。

それはまだわからない。

だが、この若葉がいずれどのような成果を出すか、この場にいる四人は少なくとも期待を抱いていた。

人間のいない空間で、人間の話を今宵は語ろう。

この酔いが冷めるまでは。

あとがき

はじめまして。作者の七士七海《ななしななみ》と申します。

このたびは『異世界からの企業進出!? 転職からの成り上がり録1 入社篇』を手にとっていただき、ありがとうございます。

読んでみていかがだったでしょうか？ おもしろいと思っていただければ幸いです。

小説投稿サイト《小説家になろう》で、この作品を書き始めてからもう二年ぐらいになりますが、この二年間でさまざまなかたに読んでいただき、いろいろな感想をいただきました。おもしろいと言っていただけるたびに喜び、ご指摘をいただくたびに自分の不甲斐なさを感じていました。

それでもこの作品を読んでくれている人がいるという事実が、わたしの背を押し、わたしに筆を取らせ、気づけばこの作品を書きつづけることが日常となり、このたび、書籍化と相成りました。

書籍化の話が来た時は、ついメールを二度見したほど驚き、そしてこれが現実だと理解したら、自然とガッツポーズをとっていました。

自分の中で何かを成し遂げたという実感を得た瞬間でした。

それを感じさせてくださった《小説家になろう》の読者のみなさまには感謝の念がつきません。この場を借りてお礼を申し上げます。本当にありがとうございます。


さてこの作品は、さまざまな作品を読んでいる中で、ふと思った疑問がきっかけで生まれた作品です。

日本人が異世界に行く作品はよくあるが、異世界からこちらの世界（日本）に進出してくる作品はあまりないな、という些細な疑問が浮かび、ないのなら自分で書いてみよう、と思ったのがそのきっかけでした。

わがことながら単純だな、と今になっては思います。

内容も少し王道からはずれたファンタジー。

あまり見ない一風変わった作品を目標にしました。

そんな要素を基軸にいろいろと話を広げていこうと意気ごみ、スタートしました。こんな会社があったらいいなぁという願望が出てきて、そこにこんな上司がいたらおもしろそうだと思い、ヒロインもこんな同僚がいたらいいなぁと考えた結果、誕生しました。

小説を書いているのか、理想の職場を考えているのかわからないプロットが完成したときは、読み返して不安になりつつも、なおすのはもったいないと思い、勢いのまま本文を書き始めました。

一番書きやすかったのは、主人公の教官役になる二人組でした。

その教官二人組ですが、当初はもっと真面目な、それこそ堅物のようなキャラクターでした。種族も鬼と骸骨ではなく、ダークエルフと悪魔の兄貴的ポジションのイケメン二人組。

現在の教官二人とくらべて姿もずっと若々しかったのですが、話が進むに連れて雰囲気にあわなくなってきました。

そしてついにネタに詰まり、筆が止まり、どうしようかと悩んでいた時の飲み会の席、友人に冗談で理想の上司って何？　と聞いたら、ブッ飛んでいておもしろい上司！　と酔った勢いで答えられました。それを聞き、ああ、自重しなくてもいいんだなと思い、開きなおってキャラを変えて再開したら、スルスルと話が進んで、今までの苦労はなんだったんだと思うくらい自分の理想のキャラができました。

主人公よりも圧倒的に強く、なおかつ主人公の限界、上限を取り払う、そしてインパクトを優先したキャラがあの二人です。

そんな二人が鍛える主人公がどんなふうになるか、これからどうなるか、想像できたでしょうか？

王道的に強くなるのか、それとも何か特別な力に目覚めるのか、さまざまな想像が浮かんでいる中で、少なくともあまり見ない主人公になるだろうな、と読者のみなさまが思っていただけるのであれば、そのご期待に添えるようにがんばりたいと思っております。

それでは次の巻でまたお会いしましょう。

七士七海

本書は、小説投稿サイト《小説家になろう》に掲載されている作品、『異世界からの企業進出!? 転職からの成り上がり録（旧 勇者が攻略できないダンジョンを作ろう！）』の1章から10章までを、著者が加筆修正し、間章1を書き下したものです。

著者略歴　1988年生，会社員，作家

HM=Hayakawa Mystery
SF=Science Fiction
JA=Japanese Author
NV=Novel
NF=Nonfiction
FT=Fantasy

異世界《いせかい》からの企業進出《きぎようしんしゆつ》!?
転職《てんしよく》からの成《な》り上《あ》がり録《ろく》 1
入社篇《にゆうしやへん》

〈JA1343〉

二〇一八年十月二十日　印刷
二〇一八年十月二十五日　発行

（定価はカバーに表示してあります）

著者　七《なな》士《し》七《なな》海《み》
発行者　早川浩
印刷者　入澤誠一郎
発行所　株式会社 早川書房

郵便番号　一〇一 - 〇〇四六
東京都千代田区神田多町二ノ二
電話　〇三 - 三二五二 - 三一一一（大代表）
振替　〇〇一六〇 - 三 - 四七七九九
http://www.hayakawa-online.co.jp

乱丁・落丁本は小社制作部宛お送り下さい。
送料小社負担にてお取りかえいたします。

印刷・星野精版印刷株式会社　製本・株式会社フォーネット社

ISBN978-4-15-031343-2 C0193

本書は活字が大きく読みやすい〈トールサイズ〉です。